惡魔高校 D×D

出路諮詢的彼列

20

石踏一榮
ICHIEI ISHIBUMI

Kadokawa Fantastic Novels

彩頁、內文插圖／みやま零

目錄

——我啊，可以繼續當老爸和老媽的小孩吧？

Faker.

——義大利，某地。

青年來到了義大利國內某個窮鄉僻壤的農場——是一處葡萄園。

走著走著，青年——聖槍的持有者曹操，看見了一名在農場內工作的老人。老人身上穿著工作服、戴著草帽，身體卻相當壯碩，光是從遠方看一眼，也會讓人覺得他曾經當過兵，或是練過某種運動。

不過，老人會有這樣的體格，都不是基於上述兩個原因。

或許是早就察覺到曹操的氣息了，老人看也沒看他一眼，只是說了一句：

「——聖遺物（Relic），我還是第一次感受到這股波動呢。」

老人以皺紋和五官一樣深邃的臉孔，堆出柔和的笑容。

「Buongiorno（你好），聖槍的持有者。歡迎來到這個農場。」

老人——不，梵蒂岡的樞機司鐸瓦斯科．史特拉達摘下了帽子，如此打了招呼。

他是不久之前率領許多教會戰士，發起武裝政變的教會要角。在與反恐小組「D×D」

的決鬥之中落敗的史特拉達沒有抵抗，任憑天界裁罰。

毫不隱瞞地將一切告訴天界的負責人之後，現在年邁的樞機司鐸待在這個農場裡。這個農場的半徑數公里範圍籠罩在天界的堅固結界之下，想要離開並不容易。換句話說，就是個結界牢獄。

為了上帝、為了信仰而奉獻人生的杜蘭朵前任持有者，在成就了教會戰士們的心願之後，立場遭到剝奪，被囚禁在這個可以說是寬鬆的牢獄之中。

這個究竟稱不上是牢獄的地方，就是教會——天界陣營對年邁的樞機司鐸定下的制裁。考慮到事件的規模，不只剝奪其地位，即使要他以命贖罪也不足為奇——但思及他過去的功績、信仰，再加上眾多教會戰士的請願，對他的懲罰才會僅止於被貶到這處農場而已。

「這裡原本就是我得到的土地。之前我偶爾會來這裡照顧樹木……不過，看來今後我可以平心靜氣地開始認真關照了。」

史特拉達一邊撫摸著樹，一邊這麼說。

面對那位受到眾多信徒敬愛的聖人，曹操低下頭。

「初次見面，樞機大人。我是帝釋天的尖兵。」

聽握有聖槍的人這麼問候自己，史特拉達拿毛巾擦了擦臉上的汗之後說：

「原來如此，異教之神有事情想問老朽，是這樣吧？」

年邁的樞機司鐸似乎認為曹操這趟造訪，是來當帝釋天的傳訊兵。不過，曹操對此卻是搖了搖頭。

「不，您可以將這當成是我個人的探訪。」

聽曹操這麼說，史特拉達的笑意隨即加深，顯得興致勃勃。

「……哦，這樣啊——所以，你特地來到這個窮鄉僻壤，是有什麼事情想問我呢？」

史特拉達這麼一問，曹操先是張開了嘴，卻又暫時閉上，過了半晌，才終於問出口：

「…………對於所謂英雄，樞機大人本身有什麼想法呢？」

或許是這個問題出乎他的意料了，史特拉達先是一愣……不過隨即摸了摸下巴說：

「……嗯，你這個年輕人問的問題還真是奇妙啊。」

曹操低下頭，接著又說：

「……我繼承了某位英雄的血脈而生。同時，就連所謂的聖槍也挑上了我。我……一直都想當個『英雄』，想站在人類的頂點，想成為強過所有非人者的剋星。我一直抱持著這樣的心願、想法，活到現在。」

他仰望天空，又這麼說：

「……但是，我敗給了某個轉生惡魔的少年。我的生存之道被他從正面全盤否定……我想他大概沒有這個意思，但至少那次敗北成了讓我重新審視生存之道的契機……我很想請教以英雄之姿受到眾人崇拜的樞機大人，究竟何謂英雄。」

這是不僅繼承了英雄的血統，甚至還偶然帶著聖槍而生的天才，第一次碰上的一道「高牆」。

理所當然地繼承了祖先傳承下來的血統，有如命中注定般揮舞著足以殺神滅佛的最強長槍而活到現在。打從一開始，他就強烈地認為對付和人類無法並存者——獵殺非人者、嚇阻非人者、征服非人者，才是自己的生存之道、自己存在的理由。

——然而紅龍與白龍，甚至就連他手上的長槍，都正面否定了這一切。

像是在說他太過弱小。

像是在說他只是一個拿著最強長槍的年輕小夥子。

聽了曹操的問題，史特拉達輕輕笑了笑。

「……呵呵呵。」

面對狐疑的曹操，年邁的聖人這麼說：

「失敬失敬——不過，年輕人就是年輕人。你實在是太過年輕了。看你的年紀大概是二十出頭吧，對我而言也只比長了頭髮的小嬰兒好一點罷了。打從一開始，從自稱為英雄這件事本身，你就已經會錯意了。」

史特拉達如此斷定。

「——決定誰是英雄的，永遠都是沒有力量的百姓。正因為沒有力量，正因為對力量懷著嚮往，他們才會尋求、挑選英雄。扛著聖槍的青年啊，你是因為受到百姓的推崇而決定扮演英雄的嗎？」

「…………！」

曹操無言以對。

……事實上，並沒有任何人選上他。只是因為自己的出身如此，而深信自己理當如此而已。他認為，如此自居，對於自己身上流的血，以及寄宿在自己身上的長槍而言，是理所當然的環境——

史特拉達坐到放在農場裡的木箱上，並且繼續說：

「沒有百姓的擁戴而稱自己為英雄，只不過是小孩子在玩耍罷了。說成是英雄扮演遊戲也不為過。正因為如此，你才會不敵那個橫衝直撞地在自己的道路上邁進的赤龍帝小子。」

老人的這句話否定了英雄派的存在意義。就連曹操也認為確實如此，甚至不知道該如何回應。

……沒錯，正如史特拉達所說，他……那個男人，確實是橫衝直撞地攻向自己，橫衝直撞地打倒了自己。不是因為身為赤龍帝，又或是身為惡魔而怎樣，而是為了自己的目標，為了必須保護的人們，橫衝直撞地消滅了自己。

存在遭到否定，還反而在自己應該打倒的存在手下一敗塗地——……看見自己現在這副模樣，原本仰慕自己的人們會怎麼想呢？

史特拉達沉默了幾分鐘之後，對不發一語的曹操說：

「——你只是一個普通人。不過是個普通的年輕人類。即使你的祖先是英雄——不，就連你的祖先原本也只是普通人而已。既然如此，你也是個普通人。所謂的英雄，不過是追贈給橫衝直撞地活過的人的勳章罷了。」

……赤龍帝也是，在勇往直前地邁進之後，才開始受到冥界百姓們的尊敬。他一開始是否曾想過要當英雄？答案——想必是「否」吧。

年邁的樞機司鐸帶著洋溢的笑意說：

「你稱我為英雄，但活到這個歲數，我自己從來沒有這麼覺得過，就連一次也沒有——但是，只要有人敬我為英雄，我就想繼續以此律己，只是這樣罷了。我是人類。我以人類的身分誕生，也終將以人類的身分死去。這樣就好了。假使有百姓視我為英雄崇拜，也只需要這樣。」

瞬間，曹操在老人身上看見了赤龍帝的身影。

……或許，他也會這麼說吧。

老人「呵呵呵」地輕輕笑了幾聲之後，又戴好帽子，站了起來。

「嗯。人一旦上了年紀，難免會變得愛嘮叨呢……再說，我認為你早已隱約掌握到這個答案，只是還沒想清楚罷了。」

「……或許是這樣吧。自從輸給了他之後，我——」

自己的思緒便脫離了「想當英雄」的概念，成為一介挑戰者了。

「樞機大人，我贏得過那個男人嗎？」

過去玩著英雄扮演遊戲的青年如此問到。

嘴角拉出深深的笑意，老人這麼回答：

「——你去找個東西來愛吧。是自己也可以，是無形的東西也行。你想打倒心懷所愛、受人所愛的人，就必須擁有一顆愛著某樣東西的心，否則終究追不上對方。這麼一來，也才終將出現愛你的人。到時候——『力量』才會降臨在你身上。」

說著，史特拉達回到了農務上。

「首先，你就繼續這樣追趕赤龍帝小子吧。他——命中注定受愛戲弄，同時仍將為愛而活。比起我這種老骨頭，和你年紀相近的他，對你而言肯定有益不下萬倍。」

為愛而活的赤龍帝——

聽了這句話，曹操在腦內不斷反芻和兵藤一誠碰面的短暫時間。

……沒錯，那個男人正是因為受人所愛、心懷所愛，而與自己正面衝突不是嗎？那正是赤龍帝，兵藤一誠的源流——

注視著長槍的曹操微微一笑。

「寄宿在長槍之中的你也想追求『愛』嗎？」

Life.0

「D×D」小隊的成員們聚集在兵藤家樓上的貴賓室。

包含我——兵藤一誠在內，隸屬於這支隊伍的吉蒙里、西迪、「神聖使者（brave saint）」、阿撒塞勒老師等成員，都緊盯著顯示在螢幕上的畫面。

接收冥界電視頻道的螢幕正在播放冥界的新聞節目。畫面下方的字幕以惡魔文字大大標出「排名遊戲中突然發生意外？」、「冠軍彼列在比賽中失聯！」、「菲尼克斯家三男、長女也和冠軍同時失蹤！」等字幕。

…………沒錯，蒼那前會長為我們帶來的情報，正如螢幕上的字幕所示，萊薩和冠軍彼列在比賽中發生了意外。比賽進行到一半時，在設置在領域當中的攝影機的死角——一處巨蛋型洞窟當中準備繼續戰鬥的萊薩與冠軍，還有據信也在場的蕾維兒，突然都失聯了。

得知這個情報之後，我們先是確認了新聞，然後看起出了問題的那場排名遊戲的紀錄影片。看來，事情果然是發生在進入攝影機拍不到的那個洞窟之後，在我們看不見的地方出了什麼差錯，他們三位就這樣突然失蹤了。

從洞窟外面拍到的影片看來，或許和那道從入口透出來的藍色光芒有什麼關係吧。確實可以看見那道光是從裡頭迸發出來的。

消失的他們三位至今依然無消無息。考慮到種種原因，事情已經演變成排名遊戲營運陣營以及冥界政府、軍隊、警察全都出動的狀態。

……我整個人發著抖，緊緊握住拳頭。

………蕾維兒！萊薩！

我的寶貝學妹兼經紀人，蕾維兒。說要一直支持我的她，才剛和我彼此宣誓要一起出人頭地的野心啊……！

……萊薩也是，他好不容易才恢復到能夠投身於復出戰。一度挫敗的心好不容易再次燃燒，重新振作了起來。他比任何人都還要期待和冠軍一戰啊……！

或許是察覺到我的憤怒、悲傷、不安，莉雅絲輕輕把手放在我顫抖的拳頭上。

莉雅絲向阿撒塞勒老師問道：

「那麼，萊薩和蕾維兒，還有冠軍迪豪瑟·彼列大人都一起失蹤了，是這樣沒錯吧？」

老師豎起一根手指說：

「唯一可以肯定的，是在三人消失之前不久，排名遊戲營運陣營的緊急程式啟動了。」

——！……排名遊戲營運陣營的緊急程式？那是什麼？我好像沒聽過這件事。對於老師的發言，以莉雅絲和蒼那前會長為首的部分人士似乎知道是怎麼回事，但大部分的成員也都和我一樣，露出摸不著頭緒的表情。

看見我們的反應，蒼那前會長如此說明：

「排名遊戲的職業賽本來就準備了許多因應用的程式，來應對各種情況發生。比方說，要是比賽當中發生了出乎意料的狀況導致領域毀壞，修補領域用的程式就會當場啟動。」

……也就是說，那些程式是處理出乎意料的狀況用的吧。而在萊薩和冠軍的戰鬥中，程式啟動了。

「發生了什麼事？」

莉雅絲這麼一問，我也探向前問了老師：

「難道是邪惡之樹襲擊了那場遊戲嗎？」

隔了一拍，老師才說：

「他們大概也會調查這個可能性吧，不過目前唯一察明的事情是——遊戲中很可能有人作弊。」

『————！』

對於老師的報告，所有人都大吃一驚！所謂作弊，就是發生了排名遊戲所禁止的事吧！

「作弊！冠軍嗎？」

我一心覺得作弊的是冠軍，忍不住脫口而出。或許是因為我絲毫不覺得萊薩和蕾維兒會作弊吧。

然而，老師卻一臉凝重，以嚴肅的語氣如此回答：

「……營運陣營似乎也在考慮另外一個可能性就是了。」

……作弊的是萊薩？不，這不可能吧！那個人有著他傲慢的地方，或許因為是貴族，自尊心很重，也有不知變通的一面。但是，一旦事關排名遊戲，他的態度就非常認真。至少在我看來是這樣。

而且還有蕾維兒跟在他身邊，這種事根本不可能發生。她可是我的寶貝經紀人耶……！她才剛立下志願，將來要和我一起做很多事情。那麼乖的女孩怎麼可能作弊，又或是幫人作弊呢！

莉雅絲似乎也明白我的心情，用力點了點頭。

「一誠，你不必說出口我也知道，我的想法也一樣。萊薩作弊……這種事情根本不可能發生。他好不容易才為了再次嶄露頭角而重新振作起來，而且還有蕾維兒跟在他身邊。那個孩子不可能允許她哥哥作弊的。」

「那麼，就是皇帝(emperor)彼列嘍……？」

木場摸著下巴如此表示。

他臉上帶著想不通的表情。雖然不及莉雅絲，但木場比我還要了解排名遊戲的職業賽。尤其是冠軍的注意度與認知度之高，木場應該也看過他的比賽好幾次吧。

木場說過，冠軍的比賽內容總是很認真，戰術也相當不凡，比起奇招更喜歡王道戰術，是個充滿王者風範的冠軍。

……是萊薩，或是皇帝(emperor)彼列。兩邊都不像是會作弊的人啊……

面對如此突然的狀況，再加上菲尼克斯兄妹生死未卜，讓我滿心都是困惑及不安。

忽然，朱乃學姊向冷靜的阿撒塞勒老師問道：

「……阿撒塞勒老師，你是不是有什麼頭緒？」

所有人的視線都集中到老師身上。

「真的嗎？」

聽我這麼問，老師雙手抱胸，嘆了口氣。

「……現在還不能說。不過，如果我的猜想是正確的，那應該不用太過擔心目前下落不明的菲尼克斯兄妹的安危才對。目前我還無法具體回答你們什麼，真是抱歉，不過要是你們願意相信我的話，就相信他們兩個沒事吧。」

——！真的假的？蕾維兒和萊薩都沒事嗎？老師對這次的事件有什麼頭緒嗎！不過老師沒有再多說什麼就是了……

阿撒塞勒老師至今已經因應、處理過各種狀況了。既然老師都這麼說了，我們也只能相信了吧……

這時，莉雅絲耳邊展開了一個小型的通訊魔法陣。聽完從中傳出的情報之後，莉雅絲對大家說：

「剛才傳來的是兄長大人的聯絡。魔王那邊也在探查萊薩和蕾維兒，以及皇帝（emperor）彼列的下落。」

……老實說，我很想立刻衝出去尋找蕾維兒。但是，既然魔王陣營有所動作，老師也說要相信他們沒事，我這樣胡亂衝出去也只是給各單位添麻煩吧……要是我憑著情緒擅自行動的話……或許會被敵人趁虛而入。因為我們現在面對的就是這樣的敵人——

沒辦法去找寶貝經紀人和勁敵的焦慮，讓我不禁以右拳打在左手的掌心上……萊薩、蕾維兒……蕾維兒！

莉雅絲把手放在我的肩膀上，以難受的語氣說：

「……一誠，我知道你很難受，不過現在就先相信兄長大人和阿薩塞勒吧。」

我做了一個深呼吸，用力點頭。

萊薩、蕾維兒……拜託你們一定要平安無事啊。

Life.1　危急中依然要出路諮詢

幾天後的早上──

……儘管這天是個萬里無雲的好天氣，我的心情卻好不起來。

我起得很早，但因為心裡一直掛念著確認蕾維兒安危的消息不知何時才會傳來，我幾乎沒有睡著。這點其他夥伴們似乎也一樣，昨晚大家好像還是一樣沒睡好，即使到了早餐時間，大家的表情還是一樣消沉。

……和我一起睡的莉雅絲以及愛西亞昨晚似乎也是因為得到了那樣的消息而無法安心入睡，我們三個一直持續著沒有結論的對話。

早餐時間，坐在餐桌旁的人之中和平常沒兩樣的，就只有老爸、老媽，還有黑歌和奧菲斯了。或許是因為我們看起來和平常不太一樣吧，他們好像也不太好意思跟我們搭話……

就在大家都默默吃著早餐的時候，老媽先是嘆了一口氣，然後對我說：

「一誠！明天就是三方面談的日子了喔！你還記得吧？」

……對喔，確實如此。明天有針對畢業之後未來出路的三方面談。

「……嗯，我知道啦。」

——我只是簡短地這麼回答。

老媽有點傻眼地說：

「真是的，你也答得太沒勁了吧。明天的三方面談要講的是有關未來出路的事情對吧？我只是要問你還記不記得而已。」

接著老媽忽然帶著笑容對愛西亞說：

「愛西亞這邊也是由我出席喔。」

「好的，就再麻煩一誠媽媽了。」

聽老媽那麼說，愛西亞露出微笑。

「真是的，人家愛西亞就這麼可愛，哪像你喔……青春期的男生還真是複雜啊。」

老爸也摺起看完的報紙，同時不住點頭。

「一誠，身為男生，未來出路是非常重要的。明天要和媽媽一起跟老師好好討論喔。」

……我的爸媽真的很多嘴。我隨口回了句「好啦好啦」，就繼續扒飯。

或許是因為我的爸媽打破了這樣陰沉的氣氛，這次換潔諾薇亞以此為契機開口說：

「出路諮詢啊。我這邊會來的人大概是葛莉賽達修女吧……不過她好像很忙，我還是別太期待好了。」

伊莉娜似乎也對出路諮詢有話要說，歪著頭表示：

「我這邊嘛……爸爸和媽媽都還在國外，大概也是跟潔諾薇亞一樣，請葛莉賽達修女幫忙吧……」

由教會照顧的人都是請葛莉賽達修女去嗎？也對，伊莉娜的雙親大概還在英國，應該也沒辦法隨隨便便就跑來吧。

羅絲薇瑟接著說：

「我還沒有接導師班，不過也在幫忙收集資料等等。無論如何，出路是一大要事。最重要的是和父母好好商量，選擇最適合自己能力的道路。」

嗯，羅絲薇瑟這番話確實很有分量。這位魔法才女，在女武神時代雖有才能卻無法嶄露頭角。即使當上了奧丁老爺爺的隨從，也無法完全發揮自己的能力。一直到獲得現在的定位之後，她的才智才得以活用，開花結果。雖然歲數和我差不了多少，但羅絲薇瑟的見識要比我寬廣多了……

老媽對莉雅絲和朱乃學姊說：

「莉雅絲小姐和朱乃小姐就只等畢業了嘛。出路已經決定好了的人，就可以悠悠哉哉地等春天到來呢。」

「可以的話我也很希望這樣，不過因為有很多事情要準備，也沒辦法太悠哉。」

「呵呵呵，我們是花樣女大學生嘛。」

聽莉雅絲和朱乃學姊這麼說，老媽輕輕一笑。

「也對，說的也是。妳們接下來就是大學生了，和高中的狀況應該又不一樣，準備工作也很重要。」

大學生活啊……我還不太能夠想像呢。到了明年的這個時候，我是不是也會比較明白有關大學生活的事情呢？

「小貓那邊怎麼樣？是誰要去三方面談？」

對於潔諾薇亞這個問題……

「……我這邊嘛……」

小貓才剛說到這裡，黑歌就硬是插話。

「當然是我去啦♪人家可是她的姊姊呢。」

「……我告訴過她可以不用去，不過看樣子她似乎非常想去。」

小貓半閉著眼睛，嘆了一口氣。

黑歌一邊摸著妹妹的頭一邊說：

「幹嘛這麼冷淡啊，白音真是的。包在姊姊身上。只要我說著『我妹妹就請老師多多照顧了♪』，誘惑一下老師就行了喵。成績單出來一定很漂亮。」

「……我們班的導師是女的喔。」

小貓斜眼看著黑歌這麼說。

「哎呀，那就傷腦筋了喵。」

嘴上這麼說，表情卻一點也沒有表露出傷腦筋模樣的黑歌，夾了一塊煎蛋放進嘴裡。

呼了一口長氣之後，莉雅絲望著在校生如此總結：

「我想大家還有很多事情要思考，但是出路諮詢是非常重要的喔。而那件事就由我和朱乃兩個可以不用去學校又無所事事的人處理，所以你們只要顧好在學校的生活和將來的出路就可以了。懂了嗎？」

『是。』

莉雅絲一番很有年長者、學姊風範的話，讓大家異口同聲地如此回答。

……出路諮詢啊。

……和我一起發過誓將來要一起努力的蕾維兒的身影在腦中掠過……但再這樣下去，我的精神會支撐不住。現在只能相信瑟傑克斯陛下、阿撒塞勒老師，還有莉雅絲她們了。

我甩了甩頭，朝老媽遞出飯碗說：「再來一碗！」

正當我在玄關穿鞋準備去上學的時候，黑歌忽然靠了過來這麼問：

「小鳥妹的事情讓你很掛心嗎？」

小鳥妹——指的是蕾維兒。黑歌經常這樣叫她。

「……當然啊，那還用說嗎？我多想現在就出去找她啊。可是——」

「前總督不是叫你們相信他們平安無事嗎？既然那位前總督都這麼說了，我想，你就相信他吧。」

黑歌打斷了我的話這麼說。

……想不到這個傢伙還挺相信阿撒塞勒老師的呢。正因如此，她在吃早餐的時候才會表現得和平常一樣吧……不，或許她正是在那個狀況下才刻意表現得那麼正常，藉以改變那時的氣氛。

黑歌也對在我身邊穿鞋的小貓說：

「白音應該也很擔心小鳥妹吧，不過妳有時候也該信任一下大人才對喔。」

「……有時候我還是無法信任姊姊。」

聽妹妹這麼說，黑歌笑了。

「喵哈哈，對啊，我『有時候』或許是不太能夠信任啦。」

這麼說的時候，黑歌的表情顯得很溫柔。感覺她十分享受和妹妹的對話和日常生活。我想，現在可能是這個傢伙最開心的時候吧。雖然是以這種形式，卻能夠和曾經鬧過不合的寶貝妹妹在一個屋簷下一起生活。

「黑歌小姐，我準備好了。」

前來如此報告的勒菲站到黑歌身邊。

黑歌說：

「我和勒菲會用我們的方式去找小鳥妹。反正姑且試試嘛，我也是很擔心。所以──」

黑歌摟著我和小貓說：

「你們就別擔心了，去過你們的學生生活吧。出路諮詢也要確實做好，否則可是會被小鳥妹罵喔！」

──！

……黑歌令人意想不到的溫柔話語，害我心頭一緊。小貓的眼角也微微濕了。

是啊，這個傢伙說的沒錯。要是出路諮詢沒有確實做好，蕾維兒回來之後我一定會挨她的罵吧。我的經紀人長得很可愛，個性卻很嚴格呢。

「嗯，這用不著妳說。」

「……沒錯，學長說的對。」

我和小貓帶著笑容如此回應黑歌。

儘管心繫蕾維兒他們的安危，我們這天依然度過了日常生活──

—○●○—

隔天放學之後——

依照既定行程，這天要進行出路諮詢——關於出路的三方面談。在輪到自己之前，學生要在校內等待。有參加社團的人，依規定可以在面談時間之前參加社團活動。

至於我們，都在舊校舍的社辦裡等候面談時間到來。原則上，我們也請各社員的家長到舊校舍集合，輪到要去面談之前就在社辦靜候。

莉雅絲和朱乃學姊是畢業生，所以沒來社辦，而是在尋察蕾維兒的消息……我們當然也非常想幫忙，但既然大家都叫我們專注於出路諮詢，我們也只好等待時刻到來了。

正當我們不著邊際地閒聊時，第一位現身的——

「哎呀，大家好。嗨，伊莉娜。」

是伊莉娜的爸爸！真的假的！他遠道從英國跑過來了嗎？

這讓身為女兒的伊莉娜也大驚失色。

「爸爸！你怎麼會來？」

伊莉娜不禁驚叫出聲。看來他事前沒有聯絡，而是突然現身的吧……既然要來，應該會向女兒報備一下才對，或許是想嚇她一跳吧？

伊莉娜的爸爸爽朗地笑著說：

「哈哈哈，當然要來啦。這次諮詢可是事關我的寶貝女兒的未來耶！爸爸可是蹺班跑來日本的喔。」

「爸爸真是的，小心被米迦勒大人罵喔！」

伊莉娜氣呼呼的模樣也煞是可愛……不過，米迦勒先生應該不會因為這點小事生氣吧。

伊莉娜的爸爸挨了女兒的罵之後，笑著打圓場：

「這下可傷腦筋了。我剛才只是開玩笑的啦，是因為要來日本辦點事情，剛好可以順道過來這邊。不過，我的天使女兒生氣的模樣也很不錯呢。」

伊莉娜的爸爸還是老樣子。我們也面帶微笑看著伊莉娜父女的互動。這時，伊莉娜的爸爸突然往我這邊走了過來，對我耳語：

（對了，一誠。）

（什、什麼事？）

伊莉娜的爸爸隨即露出一臉豬哥樣這麼問我！

（那個東西……你用了嗎？感覺如何啊？）

——！那個東西……八成是指那個房間吧！天界開發出來的那個，天使和其他種族在裡面做色色的事情也不會怎樣的房間！只要將專用的門把裝在任何一扇門上面，就可以進到那個神奇的房間。

聽說是米迦勒先生親自下令要開發那個莫名的房間，更教人搞不懂天界在想些什麼！

（沒、沒有啦，這、這個嘛……該怎麼說呢……）

我不知該做何回應！事實上，伊莉娜和潔諾薇亞她們使用那個房間的方式都讓我感到有些困惑……如果她們邀請我的方式正常一點的話，我也想直接衝上床去。可是，她們兩個每次都在像是我要上廁所的時候將那個門把裝在廁所的門上，或是在我做完惡魔的工作累得要死，只想回自己的房間休息的時候才把我請到那個房間，在一些我最不方便的時候突襲我！

而在我想著「現在的話去那個房間也不錯……」色心大發的時候，反而什麼都沒有！什麼事情都不會發生！真想說妳們的時機抓得也太奇怪了！但是如果要我主動出擊，又怕其他女生會看到，無法輕易採取行動！

也就是說，那個東西在不識相的伊莉娜（和潔諾薇亞）手上幾乎是浪費掉了。最近朱乃學姊和黑歌似乎一直纏著她要借那個東西……總之，希望她們能有點常識，不要在我上廁所的時候使用。

（我等著抱孫子喔！）

說著，伊莉娜的爸爸拍了拍我的背……突然就提「孫子」是怎樣！該說這一點和我爸媽很像嗎，害我覺得就是因為這樣，我們兩家才會有所交流吧。看來他們實在很合得來。

「等等，爸爸！你在跟一誠說些什麼啊？」

伊莉娜似乎很好奇我和她爸爸在說什麼悄悄話。照理來說，這種事情不應該讓女兒知道才對，然而這位大叔卻得意洋洋地宣告了！

「哈哈哈，我在問那個房間用得怎樣啦！」

伊莉娜聽了，臉頰一下子漲紅！

「——！爸、爸爸真是的！不要在自己的女兒和她的青梅竹馬面前說那種話好嗎！」

伊莉娜比剛才還要生氣，但是首當其衝的她老爸——

「伊莉娜生起氣來也好可愛啊。」

卻還是不以為意，爽朗地哈哈大笑了幾聲。

……唉，我每次都不知道該怎麼處理她老爸。

——這時，看著這幅景象的潔諾薇亞似乎很開心。

「呵呵呵，伊莉娜家還是一樣呢。」

學生會那邊沒有工作，或是工作比較少的時候，潔諾薇亞還滿常出現在社辦的。或許是為了出路諮詢，她今天提早結束學生會長的工作，來到作為等候室的這裡等著輪到她。

「還說呢，潔諾薇亞這邊是葛莉賽達修女會來吧？」

聽我這麼問，潔諾薇亞點了點頭。

「是啊，照理來說應該是這樣，不過修女也很忙。今天只有我一個人——」

「妳一個人怎樣？妳好啊，潔諾薇亞。」

就在這個時候，葛莉賽達修女正好打開社辦的門走了進來！原本還以為她不會來的潔諾薇亞大驚失色。

「葛、葛葛葛、葛莉賽達修女！……妳、妳來啦。」

面對潔諾薇亞驚愕的聲音和反應，葛莉賽達修女嘆了口氣。

「我當然會來啊。妳的監護人也只有我了吧。過來吧，我們到那邊去針對三方面談做最終確認。」

說著，修女便拉著潔諾薇亞的手，往沙發走去。

「我、我沒什麼需要確認的啊。將來的出路大致上也都決定好了。」

「妳的『大致上』多半都太過粗略，沒有抓到重點啊。別囉嗦了，來做最終確認吧。」

面對修女不由分說的魄力，就算是潔諾薇亞——

「嗚嗚，我就是對修女沒轍……」

……也只能妥協了。她們兩個坐到沙發上，再次確認要和老師討論的內容。

面對監護人的時候，伊莉娜和潔諾薇亞都展現出平常看不到的一面，讓人感覺很新鮮。

至於其他社員……我和愛西亞有我老媽會來，所以姑且不論，小貓也有黑歌會以監護人的身分來學校。但木場和加斯帕要怎麼辦呢？

「我說，木場和加斯帕的三方面談是誰會來啊？」

「我這邊每年都是由吉蒙里家派遣外表很像一回事的傭人過來。加斯帕也一樣吧？」

木場這麼一問，阿加也答了聲「是的」。

喔喔，原來如此。吉蒙里家僱用了很多傭人，只要仔細找找應該會有看起來很像是木場和加斯帕的親人的人吧。

「對了，托斯卡還好嗎？」

我隨口問起不久之前和木場重逢的過往同志──托斯卡。托斯卡偶爾也會來兵藤家玩，向莉雅絲、愛西亞、小貓她們學習有關日本的事情。

「嗯，託各位的福。由於她是教會人士，生活方面除了小貓之外，還有愛西亞同學、潔諾薇亞、伊莉娜同學在照料她。」

最出乎意料的是，托斯卡透過木場和愛西亞她們認識了桐生之後也和她成了好朋友，桐生每天都教她很多事情……我得多加注意，以免托斯卡也變成色女一個。

「瓦雷莉似乎也和托斯卡小姐處得很好，我就放心多了～」

阿加這麼說。

這樣啊，既然和瓦雷莉也處得來，那真是再好不過了。新的夥伴們能夠在這個城鎮過著和平的生活當然是最好的。

這時，有人「叩叩」地敲了門。

「……不好意思，應該是這裡吧？」

聊著聊著，我家老媽也出現在社辦，於是我和愛西亞就要她趕緊進來——

在輪到我們之前的這段時間，老媽和伊莉娜的爸爸展開了臭氣相投的家長對談，害得我和伊莉娜超尷尬的啊！

三方面談輪到我了。

在我之前，愛西亞已經先結束了面談。

……教室裡只有班導和我跟老媽三個人。從國中的時候開始，我就不太喜歡這種面談。不，應該沒有學生會喜歡吧。因為，平常不希望他們碰面的兩個大人（家長和班導），在這個時候會夾著小孩面對面——而且化了妝的媽媽跑來學校，對青春期的男生而言是一件非常難以忍受的事情，完全不希望被同班同學和朋友撞見！

在寂靜無聲的室內，我和老媽並肩坐著，而對面的老師在打過招呼之後，也開始談起我在學校的態度以及成績等等話題。

接著，在開始了五分鐘左右之後，開始談到正題，也就是出路了。

班導說：

「兵藤同學的志願，是升學進入駒王學園大學部吧？」

「對。」

我如此回答。沒錯，我想先讀到大學畢業再說，而且難得都進了有大學部的駒王學園，所以我一直都在想如果有辦法直升上去的話是很想往上念……班上也有想上其他大學的同學，不過我並沒有什麼特別想去的大學，所以打算直升評價也很高的駒王學園大學部。

對此，愛西亞、潔諾薇亞、伊莉娜、木場（還有桐生、松田、元濱也是）等人似乎也都抱持相同意見。也就是說，到了大學部我們這些人還是會聚在一起吧。下個年級他們的出路好像也和我們一樣，再加上先升學的莉雅絲和朱乃學姊她們，兩年後大家又會在大學部再次聚首了。在大學辦個「神祕學研究社」或許也不錯。

儘管確定了短期目標是升學，但班導似乎還有什麼事情想問。

「兵藤同學在升學之後有決定好要做什麼了嗎？兵藤太太和他討論過這件事嗎？」

老媽聽了只是把手放到臉頰上，一臉困惑地說：

「……不，他還沒有向我和外子提過——」

啊，對喔……我是說過想上大學，卻沒提過在那之後要做什麼。

我伸出手指抓了抓臉頰，對老師和老媽說：

「啊，呃……原則上，莉雅絲……社長……也不對，那個……莉雅絲・吉蒙里學姊的父親經營的……」

這種時候應該要怎麼說呢？總不能老實說將來要進入惡魔業界，說是吉蒙里家的關係企業應該可以吧？吉蒙里家的勢力不只是在冥界，確實也有在人類世界拓展事業。

「學姊的父親正在拓展一項事業，大學畢業後我也想進入吉蒙里家的關係企業工作。」

我這麼說似乎勾起了老師的興趣。

「吉蒙里同學家？對喔，兵藤同學也是神祕學研究社的呢。」

於是老師又說了聲「嗯，原來如此」，點頭稱是。畢竟莉雅絲在學校裡也是風雲人物，這所學校本身也和吉蒙里家息息相關。只要提到吉蒙里家，老師自然也會有所理解了吧。

「這麼說來，吉蒙里同學也和阿基多同學她們一樣寄宿在兵藤同學家吧。那麼，吉蒙里同學的父親和兵藤同學……應該說和兵藤太太有過交流嗎？」

對此，老媽回答：

「有、有啊。吉蒙里先生偶爾會造訪我們家，應該說我們家的房子也因為吉蒙里家事業的一環而幫忙改建的……我們全家都受到吉蒙里先生多方關照呢。」

真的，吉蒙里家一直都很照顧我們全家。包括那麼大規模的改建，還有之後的各種支援服務也好，真是照顧到讓我都覺得不好意思了……

老師繼續追問：

「既然如此，兵藤同學是想透過這層關係進入吉蒙里家的公司工作嗎？而且已經和他們都談好了？」

「啊，是的。我想，吉蒙里學姊的父親應該也會同意吧。」

我如此回答……我想，吉蒙里先生應該會接受吧。只要是莉雅絲的眷屬，吉蒙里家目前應該已經在某種程度上做好接納我們的準備了。暑假去冥界的時候也提過眷屬可以分得的領土之類。

老媽問我：

「我記得吉蒙里家也有在各個國家經營旅行社和飯店吧？日本的話，聽說在東京和京都、大阪等地的都會區都有吉蒙里集團經營的飯店。還有，之前我聽莉雅絲小姐提過，他們也正致力於卡通人物事業呢。」

「老、老媽，妳也太清楚了吧。」

吉蒙里家在京都確實有飯店……卡通人物事業應該是和我有關的吧。

老媽聽我這麼說，便如此回答：

「你忘記啦，第一學期的時候不是有教學參觀嗎？那個時候吉蒙里家的爸爸和哥哥都來了不是嗎？」

啊——有有有。是第一學期快結束的時候那次嘛。上課的主題不知為何變成捏黏土的那次。那個時候，在教學參觀結束之後，莉雅絲的父親和瑟傑克斯陛下跟我們家爸媽見了面聊了很久，而且還來了我們家呢。

「所以，那個時候莉雅絲……學姊的父親向妳說明過了嗎？」

「嗯，對啊。他說『將來希望能夠由我們照顧令郎』。畢竟這對我們來說也是千載難逢的機會……這樣啊，所以你自己的志願也是如此嗎？因為你還沒有正式對我們提過這些，我們一直很希望你可以說清楚呢。」

老媽如此向我確認。

這樣啊，吉蒙里家那邊也提過了啊。以莉雅絲的眷屬的身分活下去已經是理所當然的事情了，但是吉蒙里家能夠像這樣正式釋出善意，真是讓我感動不已。吉蒙里家真是最棒的上級惡魔了！

不過，吉蒙里家都已經這樣釋出善意了，我們家的老爸老媽還是打算確認並尊重我的意願，更是讓我佩服……老爸老媽還是覺得我說不定會想選擇其他出路吧。

……我實在不太想讓爸媽操心。因為我已經有事情瞞著他們了——也就是我現在的真實身分。

我點了一下頭，對老媽和老師說：

「簡單來說就是這麼回事。大學畢業之後，我打算進學姊的父親經營的公司上班。不過，我還有別的夢想……將來，我打算離開吉蒙里的公司……創設只屬於自己的公司。」

沒錯，我還有更進一步的夢想——就是離開莉雅絲，組織專屬於自己的眷屬，從事惡魔的工作，同時參加排名遊戲！應該說，年長的惡魔們也說過，既然生命近乎永恆，想做什麼就要全部都做才不會吃虧！我要抱持著遠大的目標、許多夢想以及野心，向前邁進！

我當場吐露出現在的心聲……當然，和惡魔有關的部分都蒙混過去了。

「或許終究會是吉蒙里的關係企業，不過儘管如此，我還是想要有一間只屬於自己的公司，想試著以自己的理想去經營。在這個城鎮建立新公司也可以，在學姊的祖國經營新事業感覺也不錯。」

我一直覺得以駒王町為起點很好。只是要是如此，和我的主人莉雅絲的地盤就會重疊。至於到時候該怎麼辦才好，以及關於這部分的規定是怎樣，都還沒人向我說明過就是了。

我粗略地將目前在心中描繪的未來藍圖說了出來……然而坐在我身邊的老媽，卻是愣了一愣。

「……你已經想過那麼長遠的事情了嗎？」

看她的反應，似乎是對於我剛才所說的話感到難以置信，也沒有預料到的樣子。

「咦？是啊，還好啦。畢竟是自己的未來，總是要大致上有個願景才行嘛。」

我這麼表示……這樣啊，因為我從來沒有對老媽老爸說過這方面的事情，也難怪老媽會嚇到。

也許看不出來，不過我好歹也是有夢想的啊。

最重要的夢想當然是後宮王就是了，不過總不能在這種時候提那個吧！老媽肯定會打我的頭，老師一定也會對我翻白眼！

班導露出微笑，對老媽說：

「兵藤太太，令郎……一誠同學在班上也因為意外地會照顧人而受到稱讚喔。尤其是從國外轉學進來的阿基多同學、紫藤同學、夸塔同學，受他照顧的地方特別多。我經常看到他有類似的舉動。這種事情感覺很簡單，其實做起來可沒那麼容易。關於透過學校進行異文化交流方面的事情，問一誠同學其實是最快的，老師們也都這麼說呢。」

……或許是因為平常校內對我的評價都不太理想，聽老師這樣稱讚我怪不好意思的。

聽說，最近女同學們對我的評價好像也漸漸在改變了呢。據說是因為……木場對女同學們說了很多祖護我的話，讓她們心目中對我的看法也產生了變化。有個好朋友真是太棒了！這種事情松田和元濱就辦不到了！型男加成在這種時候真是太好用了，木場！太感謝你了！

——這時，原本稱讚我的老師嘆了口氣，如此補充：

「只是有個問題，就是他太好色了。而且嚴重到有女同學會來找我投訴……」

「非常抱歉！真是非常抱歉！還愣在那邊做什麼，一誠！你也一起道歉啊！」

聽老師那麼說，老媽也按著我的頭想要往下壓！

嗯——！既然都說成這樣了，我好像也只能道歉了吧！

「對不起，我太好色了！」

誰教我正處於最敏感的時期嘛，真是非常抱歉！

於是，一下子不好意思，一下子熱血暢談，一下子又道歉的三方面談也邁向尾聲。

不過，我還有未來的夢想——要和愛西亞、潔諾薇亞，以及蕾維兒一起向前邁進。所以，蕾維兒……妳一定要平安無事啊。

當天的晚餐時間——

「啊——！好久沒覺得酒這麼好喝了！」

吃晚餐的時候，老爸開心地喝著酒。聽老媽說完三方面談的狀況之後，老爸似乎對我所闡述的未來非常感動，始終開心得不得了。

眼看他還在開心，結果下一秒就突然落下了男兒淚。

「嗚嗚——！那個一誠……我原本還以為只有性慾不輸給別人的兒子！沒想到竟然對未

來已經有那麼具體的規畫了……！」

……好、好害羞啊，誰教他配酒的話題是我。而且還有其他女生在，真不想讓她們看到老爸這副德性啊。雖然大家是都帶著關愛的微笑看著他啦……

聽老爸那麼說，老媽也是一副感慨萬千的樣子。

「就是說啊，我也嚇了一跳。光是聽到吉蒙里先生說要讓我們家一誠在大學畢業之後進入關係企業好好照顧他，我就已經興奮得不得了，沒想到一誠連那之後的事情都想過了……我也是差點當場哭出來呢。」

啊啊啊啊啊說到都開始擦眼角了啦！等等，等一下！這太讓人害羞了，真的不要這樣！

「……你們太誇張了啦。現在的高中生都是有在想不久後的將來的事情好嗎！」

——我害羞的這麼說，但老爸還是顯得很開心，就連老媽也是。

老爸當場高舉酒杯向老媽說道：

「不管！今天晚上要好好喝酒慶祝！老婆！之前瑟傑克斯先生寄了一瓶很貴的酒過來，把那瓶拿出來！」

「好好好，知道了啦。真是的，年紀一大把了還興奮成這樣。」

於是老媽就進廚房拿酒去了。

……啊——啊——隨便你們啦！真是的，居然因為我興奮成這樣。果然小孩子還是搞不懂父母在想什麼呢……我只不過是正式說出未來的展望罷了。

坐在我旁邊的莉雅絲對我說：

「一誠，你之前都沒向你的雙親提過未來的事情吧？」

「咦？對、對啊，我之前一直覺得等到這種場合再說就好了……」

一方面也是因為轉生成惡魔之後發生太多事情了，讓我一直不知道該怎麼開口。或許也是找不到適當的時機吧。況且，這個將來的目標本身，也是在轉生之後才想到的，心態和去年的我截然不同也是理所當然。

我去年對將來的認知，頂多就只有「總之先升大學再說」，如此而已。老爸老媽也都知道我在想什麼，所以對他們來說，我也只有想到這裡而已吧。

這時，羅絲薇瑟一臉正經地叮囑我：

「這樣不行喔。將來的事情應該要和家人好好商量才對。要是沒有商量過，導致家人無法諒解你的目標，事情會變得很嚴重喔！高二這個時期沒有先在家庭內討論過未來出路的話，對家人、對學校、對一誠本身，都會是一個大問題。」

好有教師風範的發言啊……

我也無法反駁她這番話。羅絲薇瑟說的一點也沒錯……儘管在轉生之後發生過太多事情，對於家人之間的溝通，我或許還是稍嫌輕忽了一點……

以潔諾薇亞為首，大家都對羅絲薇瑟的這番話深表贊同。

「不愧是駒王學園的老師。」

小貓也點了點頭。

「……雖然偶爾會忘記妳的身分，不過真不愧是老師。」

嗯，真的，不愧是老師。

臉頰微微泛紅的羅絲薇瑟輕輕乾咳了一下，繼續說了下去。

「老師們都認為，在座的所有人應該幾乎都會在大學畢業之後進入吉蒙里的關係企業就業，甚至還稱呼大家為『吉蒙里內定組』呢。」

是喔，連老師都這樣說我們啊。「吉蒙里內定組」啊……那麼，在場的成員當中只要是就讀駒王學園的幾乎都是嘛。不是的大概只有教會成員的伊莉娜而已。

「順道一提，也有『西迪內定組』喔。」

——莉雅絲如此補充。啊，就是西迪眷屬的成員們嘛。老師們應該也都知道蒼那前會長家也很有錢吧。

正當我想著這些校內資訊的時候，老爸突然哭著牽起莉雅絲的手！他不斷對莉雅絲低頭，開始這麼說：

「不只一誠，連愛西亞都獲得吉蒙里家旗下關係企業的邀約，我們家的孩子們將來都有保障了！我對吉蒙里家真的只有感激不盡了！謝謝妳，莉雅絲小姐！」

啊啊啊啊啊啊啊啊！老爸喝得超醉的，開始跑去糾纏莉雅絲了啦！嗚哇啊啊啊——搞什麼啊！真是的！

莉雅絲儘管嚇了一跳，還是帶著笑容冷靜地如此回應：

「不，站在我們家的立場，貴重的人才就是應該趁早確保。以這一點來說，家父和家兄也都認為一誠和愛西亞是將來值得期待的人才。」

「嗚嗚，真是太感恩了！真是太可靠了！」

「自從莉雅絲小姐撿走了我們家一誠之後，我們家真的是一帆風順啊！」

聽莉雅絲那麼說，老爸老媽都止不住喜悅的淚水。

愛西亞在自己的名字被提到之後，也不知道該做何反應……至於我，也已經說不出話來，只能雙手掩面了。

……嗯，一定是因為到了這個節骨眼才對爸媽說出自己的未來規畫，反作用力才會特別大吧。我想，今後還是定期報告好了。要是每次都這樣的話，我的精神也撐不住啊！

小孩子也有小孩子自己的苦衷好嗎！我把這句話吞了下去，繼續和大家一起吃著晚餐。

對我而言實在很不好意思的晚餐也已經結束，來到了各自度過夜晚的時間。蕾維兒的安危依舊不明，洗完澡的我在客廳打發了一下時間之後，上了二樓。

……這時，我發現二樓的走廊邊緣放了一個頗大的紙箱。

「……這個紙箱是怎樣？是誰的啊？是說，這裡原本有這種東西嗎？」

我靠近了那個紙箱……是不是加斯帕在裡面啊？會躲進這種地方的傢伙也就只有他了，不過為什麼會在我的房間附近躲進紙箱裡啊？

狐疑的我打開了紙箱——

「…………」

結果和裡面的金髮美女四目對望。抱腿坐著，把自己收在紙箱裡面的——是瓦雷莉！

她一雙紅色的眼眸正對著我，嫣然一笑。

「啊，你好。」

「瓦、瓦、瓦雷莉——！」

我的驚叫聲在走廊上不住迴響！那是當然了！畢竟看到走廊邊緣隨便擺了一個紙箱，心裡以為裡面一定是加斯帕，結果打開來一看卻是瓦雷莉嘛！

「是的，就是我。」

瓦雷莉站了起來，跨出紙箱。

不久之前，我們鎮壓了教會戰士發動的武裝政變，於是教會高層給了我們真正的聖杯的碎片，獎勵我們的功績。

阿撒塞勒老師將碎片加工作成項鍊之後，給了瓦雷莉，雖然限制條件相當嚴格，卻還是成功喚醒了她的意識。

或許是因為有一半吸血鬼血統的關係，她才剛清醒，就立刻恢復到能夠下床走動的程度了……不過聽說為了謹慎觀察之後的恢復狀況，她的行動還是受到了限制。

……但我真沒想到她會出現在我家，而且還躲在紙箱裡面。

「妳、妳怎麼會在這種紙箱裡……？」

我只能這麼問了。儘管才剛醒過來沒多久，她這樣也太淘氣了吧！

也不管我有多麼擔心，瓦雷莉一臉笑嘻嘻的，看起來很開心的樣子。

「我在學加斯帕啊。他說鑽進這種紙箱裡就會覺得很平靜，所以我也想鑽進來試試。」

這……這樣啊。那個小子是怎樣，居然介紹這種事情給剛醒過來，又剛開始在日本生活的恩人！不，也有可能是瓦雷莉自己問加斯帕的就是了！

「唉……也罷。對了，妳的狀況還好嗎？」

我嘆了口氣之後這麼問。

瓦雷莉依然以一貫的懶洋洋語氣說：

「還好。託各位的福，儘管得透過轉移魔法陣，我總算可以過來這個家了。今天我和加

斯帕一起過來叨擾。」

也是，直接走過來對她而言可能還很辛苦吧，用魔法陣移動是比較聰明的做法。話說回來，阿加也來了啊？

「加斯帕好像和小貓小姐一起為了那位叫蕾維兒的女孩，正在將在學校學到的東西寫成筆記喔。我想說不可以妨礙他們，打算自己一個人在這個家裡到處逛逛。」

瓦雷莉這麼說。

這樣啊——加斯帕和小貓正在為了無法到學校上課的蕾維兒準備筆記……

我的學弟妹真是太會為朋友著想了。

忽然，瓦雷莉看向走廊上空無一物的地方，歪著頭說：

「這麼說來，我聽不見『大家』的聲音了呢……真是奇妙。」

——！

……她口中的「大家」，是寄宿在她體內的聖杯神器(sacred gear)所引發的副作用。她可以看得見不屬於這個世界的人的形體，甚至可以聽得到聲音。老師說，原本那是不應該看見，也不該聽見的東西。還說——要是繼續正面接觸它們，很有可能導致精神異常。之前遇見瓦雷莉的時候，她已經因為和它們接觸太久，精神狀態近乎崩潰。

現在的她，因為沒有使用沉睡在體內的聖杯，脖子上又掛著真正的聖杯製成的項鍊，意識比起我們在吸血鬼國度見到她的時候清醒多了。

不過，這種事情還是不要多問比較好吧。我改變了對話的走向，帶著笑容問她：

「生活上有沒有什麼不方便的地方？只要妳開口，我們大家都可以幫妳。」

「這個嘛——我想想……」

她把手指抵在下巴上，沉思了一下——

「應該沒有吧——有加斯帕在，我就不怕孤單了。」

最後帶著笑容，果斷地這麼回答。

……也對，有阿加在，她就不會孤單了。因為，他們兩個總算得到一處安居之所了。她好不容易才醒了過來，今後可得和那個傢伙一起過著幸福快樂的生活才行。

瓦雷莉拍了一下手，又這麼說：

「而且還有你們大家在，更讓我覺得很開心，就像在作夢一樣……」

聽她這麼說真讓我感到高興。不枉我們前往采佩什派的國度為她而戰。說的也是，我們也得和瓦雷莉一起開心度日才行！只要大家能夠和樂融融地過著和平的生活，光是這樣就已經足夠了——

無意間，我想起安危不明的蕾維兒，瞬間變得有點落寞；而不知道是察覺到，還是臆測到了這點，瓦雷莉這麼說：

「——蕾維兒．菲尼克斯小姐。」

瓦雷莉抬頭看著天花板繼續說：

「蕾維兒小姐和她的兄長萊薩先生。我想，他們大概還活著吧。而且應該不久之後就能見到他們了才對。」

不知道是注視著哪裡，意識著哪裡，總之瓦雷莉像是感應到什麼了一般，對我這麼說。

「……妳為什麼會這麼覺得？」

聽我這麼問，瓦雷莉露出有點困惑的表情。

「……我不知道該怎麼解釋，只能說我就是知道這種事情……」

……原來如此，如果是別人說這種話或許還得質疑其可信度，但瓦雷莉體內寄宿著掌管生命的聖杯，既然她都這麼說了，就讓我想如此堅信。

「謝謝妳。總覺得，這讓我的心情放鬆了不少。」

我如此道謝。原本真的是滿懷不安，所以瓦雷莉這番話讓我的心情變得輕鬆多了。

瓦雷莉依舊嫣然一笑。

「快別這麼說……該道謝的是我才對吧——能夠再次見到加斯帕和你們大家，我真的由衷感謝。謝謝你們。」

說著，瓦雷莉．采佩什露出迷人的笑容。

「啊——瓦雷莉！妳在這裡啊！不可以啦，妳怎麼自己跑出小貓的房間呢！妳現在還在觀察期耶！」

慌張地從樓上跑下來的是加斯帕。

看來，他是發現瓦雷莉不在房間裡面，就連忙跑出來找的吧。加斯帕真是的，只要事關瓦雷莉就會收起平常畏畏縮縮的態度，變得乾脆果斷，又很有男子氣概。

「我不是叫妳要做什麼都要找我一起嗎！」

「呵呵呵，加斯帕好嚴格喔。」

看吧，阿加變得這麼可靠。真讓人覺得男人只要有了必須保護的女孩，就可以無止境地變強。

看著兩人的互動，讓我打從心底感到慰藉。

而且，瓦雷莉剛才的發言，後來就有如預言一般成真了。

—○●○—

隔天早上——

「D×D」成員在神祕學研究社的社辦緊急集合。

阿撒塞勒老師望著我們說：

「我已經確認過了。」

「那、那也就是說……老師！」

我向前探出身子這麼問，老師便如此宣告：

「——萊薩．菲尼克斯和蕾維兒平安無事。聽說都沒有生命危險。」

————！

……我說不出話來。默默的，我溼了眼眶。我覺得原本七上八下的心情在一瞬間平靜了下來，變得豁然開朗。

仔細一看，和我一樣擔心蕾維兒他們的夥伴們也都放心地鬆了一口氣。

「小貓，老師說蕾維兒同學沒事耶！真是太好了～～～～！」

「嗯……嗯！太好了！小加，真是太棒了——真是的，害我們這麼擔心，那個笨蛋蕾維兒！笨蛋……！」

同是高一組的加斯帕和小貓甚至相擁而泣。

在我們恢復了平靜之後，老師接著如此補充道：

「保護了他們的——是魔王阿傑卡．別西卜。」

看來事情沒那麼單純呢。

Parents.

那天晚上——

阿撒塞勒的報告結束之後，「D×D」隊員先暫時解散。

為了接回萊薩與蕾維兒．菲尼克斯兄妹，改天一群人將與先前提到的魔王阿傑卡．別西卜進行會晤。

與愛西亞一起在地下的大浴場沖掉一身汗之後，莉雅絲走在通往一樓的樓梯上，和愛西亞聊得相當起勁。

「蕾維兒小姐和萊薩先生都平安無事，真是太好了。」

愛西亞拍了拍胸脯，鬆了一口氣。這個善良的少女不僅擔心蕾維兒，甚至還擔心萊薩。

對莉雅絲而言，愛西亞是令她自豪的寶貝妹妹。

莉雅絲也帶著微笑回答：

「就是說啊，真是太好了。雖然我很相信兄長大人和阿撒塞勒……不過，儘管如此，事情還是可能有個萬一……我原本已經稍微有所覺悟，而感到害怕呢。」

沒錯，事情還是可能有萬一……

這個世界上沒有絕對。莉雅絲很明白這一點。事實上，在對抗英雄派之戰當中，她最愛的人——兵藤一誠便一度失去了肉體。回想當時的狀況，就會讓人覺得他現在還活著簡直就是奇蹟。照理來說，當時發生的事情即使令他一死也是理所當然。

而現在，那樣的狀況很有可能再發生一次。萊薩和蕾維兒即使碰上了最糟糕的結局，也不足為奇。

儘管如此，關於他們的好消息確實值得高興。

因為，莉雅絲希望總有一天能夠在職業排名遊戲的世界和萊薩正式做個了斷——

蕾維兒也是，她身為一誠的優秀經紀人，得到了莉雅絲的全面信任。沒有蕾維兒的話，一誠也無法抱著夢想和野心勇往直前吧。

到底他們是為什麼會在魔王阿傑卡．別西卜那邊呢？據說，這項情報是機密，只有告知極少數人，就連部分惡魔高官也沒有得到這個消息。

而且，還有另外一件事情也很令她介意。

——就是冠軍迪豪瑟．彼列的行蹤。

和菲尼克斯兄妹一起下落不明的皇帝(emperor)彼列。為什麼查明下落的只有關於萊薩他們呢？迪豪瑟．彼列上哪去了？

……謎團尚未解開。只是，莉雅絲心中籠罩著不安的黑影。她知道，這種不安多半都會朝不好的方向發展。看見英雄派的曹操召喚出的薩麥爾時、前往采佩什派的根據地時，她都有種難以言喻的感受，而後來的結果也都相當慘烈。

正因為如此，她現在滿心都是不祥的預感——

莉雅絲和愛西亞上了一樓，從冰箱拿出冰淇淋準備當成洗好澡的點心，並一同來到客廳的時候——

「哎呀，是莉雅絲小姐和愛西亞啊。」

在客廳裡的是一誠的母親，她在桌上攤開了許多東西。

「我們剛洗好澡。兵藤媽媽在做什麼呢？」

莉雅絲和愛西亞疑惑地靠了過去——

「我嗎？呵呵呵，我在看這個啦。」

一誠的母親拿起一本東西，打開給兩人看。

「……啊，是相簿。」

沒錯，一誠的母親攤放在客廳桌上的，是為數眾多的相簿。她打開給兩人看的那本相簿裡，放的是一誠小時候的照片。

「對啊，是一誠的相簿。妳們看，之前我好像也給妳們看過這些呢。」

在可卡比勒襲擊事件之前，她們也在一誠的房間看過相簿。那個時候，兩人還興奮到看得入迷。

莉雅絲和愛西亞坐到沙發上，各自拿起一本相簿，再次欣賞起一誠赤裸裸的回憶。

之前因為看得太過入迷而沒有察覺到，相簿裡的照片都是在發生各種事情的時候拍攝，下面的註解全部都是「一誠，第一次○○」這樣的標題。

「……真的全部都是一次一次成長的紀錄呢。」

莉雅絲帶著微笑這麼說。

一誠的母親也露出溫柔的笑容表示：

「……畢竟他是我們的獨生子嘛。再怎麼說，對我而言、對外子而言，他都是我們的寶貝兒子。或許是這個關係，我偶爾會像這樣，很想看他從小時候到最近的照片。看著看著就會覺得他以前好可愛啊。」

一誠的母親半開玩笑地這麼說，讓莉雅絲和愛西亞也不禁莞爾。

——一誠的雙親是如此愛著他。

從一誠的母親現在的微笑和為數眾多的相簿當中，都可以看出雙親是多麼愛著他，多麼呵護著他。

忽然，一誠的母親看見相簿裡的一張相片，手停了下來。

「啊，是這張啊。」

莉雅絲和愛西亞也看向一誠的母親指的那張相片。

那是一誠剛上小學的時候。相片裡的一誠驕傲地高舉著一根尺寸和他不合的釣竿。

「這張相片……怎麼了嗎？」

莉雅絲這麼問，一誠的母親便說：

「這釣竿是外子當時最寶貝的一根。他的興趣是釣魚，以前也會教一誠釣魚呢。不過，最近幾乎都沒去釣魚就是了。他還年輕的時候，在一誠還小的時候，他們經常去釣魚。無論是河邊、海邊都去呢。」

……她們是第一次聽說這件事。原來一誠會釣魚。之前是有聽過一誠在修練的時候是靠釣魚確保吃的東西就是了……

一誠的母親繼續說了下去：

「一誠小時候也受到他爸爸的影響經常釣魚，可是在某一天之後就完全不去釣了。」

「發生了什麼事嗎？」

愛西亞這麼問，一誠的母親便苦笑著說：

「因為這張相片裡的釣竿，被一誠弄壞了。」

一誠的母親說出來的——是一誠小時候的苦澀回憶。

「我們去海邊釣魚的時候，一誠在休息時間擅自把外子的釣竿拿走，自己一個人就開始釣了起來。他本人很嚮往外子的釣竿，大概是想用那根釣竿釣隻大魚讓爸爸稱讚吧……但是卻弄錯了使用方式，把釣竿折斷了。外子非常沮喪，一誠也一邊嚎啕大哭一邊道歉，狀況超悽慘的呢。」

……小時候，任何人都經歷過類似的苦澀失敗。莉雅絲自己也是，小時候曾經為了得到父母的誇獎而逞強，結果反而給他們添了麻煩。幼時的回憶無意間閃現在她的腦海裡，讓她有種並非事不關己的感覺。

一誠的母親帶著落寞的表情說了下去。

「外子只是稍微叮嚀了一下，立刻就原諒一誠了。可是一誠他……從那一天開始就不曾主動提過要釣魚。應該是無法原諒自己吧。那個孩子就是這樣。只要是自己害別人傷心，自己也很傷心的時候，即使道歉了還是會一直一直耿耿於懷。」

「……總覺得，我好像知道一誠先生這樣的一面。」

愛西亞心有戚戚焉地這麼說。

……莉雅絲也能夠同意這一點。他……一誠，確實有著這麼一面。一旦發生了什麼悲劇，即使完全不需要負責——他還是會承擔一切。

——那個時候如果自己這麼做的話就好了，那麼做的話就好了。他會像這樣不斷反省自己，反省到旁人看了也會跟著難過起來。

對於發生在愛西亞身上的事情，一誠恐怕也還耿耿於懷吧。

要是自己夠強的話，愛西亞就不會死了——他恐怕還是這麼覺得。

然而，這也讓現在的他變得這麼強。

或許是察覺到莉雅絲的心境，一誠的母親問道：

「……那個孩子，是不是曾經讓愛西亞傷心過？不，我想那個孩子絕對不會害得愛西亞難過落淚，但儘管如此，我想他可能還是在某方面沒有幫上愛西亞的忙，因此害得她傷心吧。」

——！

……莉雅絲無言以對。一誠的母親對一誠觀察入微，知之甚詳。她心想，一誠的母親；不，為人之母者的觀察力真是無人能敵。

「……您看得出來嗎？」

愛西亞這麼問，一誠的母親笑了一下。

「當然看得出來啊，我是他媽耶。一誠對愛西亞老是保護過頭了。我想，那個孩子一定在某件事情上無法原諒自己，而讓那件事一直一直壓在心頭吧。」

一誠的母親不知道一誠以及莉雅絲她們的真實身分。可是，她還是感受得到一誠每天的變化。這就是為人之母者吧。

……總有一天，紙會包不住火。這一刻，讓莉雅絲有了如此的覺悟。

一誠的母親說：

「一誠不再把釣魚當成興趣，一定也和那件事的狀況很像吧。他一定是無法原諒當時的自己。」

一誠的母親豎起一根手指說：

「一誠一直有一個習慣，從小到大都沒有變過。」

「是怎樣的習慣呢？」

莉雅絲這麼問，一誠的母親便一邊看著相簿裡年幼的他，一邊開了口：

「他一旦犯了錯，或是發生了什麼讓他無法原諒自己的事情，之後只要提到那件事，他一定會道歉。那種時候他總是會露出同樣的表情，一看我就會立刻知道。外子似乎也知道一誠的這個習慣。那個孩子只要心裡有什麼事情，就會立刻寫在臉上。」

……的確，他總是會主動說出「對不起」、「抱歉」、「歹勢」之類的字眼確實道歉。至於那種時候的表情是否全部一致，就連莉雅絲也想不起來就是了……

一誠的母親牽起莉雅絲和愛西亞的手，一臉認真地以強烈語氣表示：

「……莉雅絲小姐、愛西亞。在這種時候說這種話不知道適不適合，但我還是要說——

一誠就拜託妳們兩個照顧了。雖然他是個好色的笨蛋，但我覺得，他想當個真誠的人的心意，確實可信。」

「好的，兵藤媽媽。」

「好的，一誠媽媽。」

——兩個女兒將自己的另一隻手放到母親的手上，用力點了一下頭。

Life.2 饗宴的真相

隔天——

我——兵藤一誠，一大早就和愛西亞一起來到某個地方。

這裡是位於駒王町地下的廣大空間。呈現巨蛋型的空洞張設了結界等嚴密的防範措施，中央有個大型的渾圓物體——是一顆龍蛋。

這顆蛋，是在和教會戰士們交戰之前，坦尼大叔交給我們保管的稀有龍族——「虹龍（specter dragon）」的蛋。「虹龍（specter dragon）」已經移居到了冥界，只是冥界的空氣對蛋的孵化似乎不太好，所以才將蛋移到位於人類世界的這個城鎮的地下空間。

在那之後，在駒王町的「D×D」成員便輪流過來探視蛋的狀況。今天輪到的是我，不過愛西亞也跟著我過來了。

看見除了我們以外也來到這裡的人，我不禁笑了。

「話說回來，我還真沒想到妳會這麼照顧這顆蛋。」

我的視線前方，是摟著那顆大蛋，整個人緊緊貼在上面的奧菲斯。

「吾，沒有養過小孩。興致勃勃。」

沒錯，除了輪班來探視的我們，奧菲斯也每天都來這裡。似乎是「蛋」、「孵化」、「龍」等一連串關鍵字，激發了她強烈的興趣。儘管已經活了非常久，奧菲斯卻表示她沒看過龍從蛋裡生出來的那一幕。她說想趁這個好機會見識一下。

……話雖如此，也不需要像孵蛋一樣一直抱著吧……該說是令人不禁莞爾嗎，我覺得她的行動可愛極了。

「吸、吸、呼——」

也不知道是跟誰學來的，龍神大人正在實行拉梅茲呼吸法呢……話說回來，那是人類孕婦在用的方式吧，卵生動物應該不適用才對。應該說，蛋都已經生出來了好嗎！

……去阿傑卡．別西卜陛下那裡接回蕾維兒和萊薩的日子定在兩天後。儘管確認了他們平安無事，現任別西卜陛下那邊也有各種體面、狀況得顧慮，即使只是過去接人也得細心注意，所以才會定在那一天。

……大概是和政治方面有關吧。看來，蕾維兒他們似乎是被捲入了非同小可的事情……

「…………」

其實，還有另外一位訪客也來到了這個空間。

坐在離我們稍遠的位置，一直緊緊盯著奧菲斯看的黑色大衣男子。令人難以置信的，那竟是邪龍克隆．庫瓦赫！

聽說知道奧菲斯會來這裡之後，那個傢伙便為了觀察奧菲斯的行動，前來這裡好幾次。

儘管是透過坦尼大叔才能造訪，那個傢伙依然是曾經與我們為敵的邪龍……雖然他似乎不是邪惡至極的龍……但還是很可怕。因為也不知道該如何搭話，我們都沒有主動對他採取任何動作。坦尼大叔似乎全面信任他，但話雖如此，我們還是暫時無法和他打成一片……

——正當我這麼想的時候，愛西亞靠了過去，對克隆．庫瓦赫開口說：

「你、你好，不嫌棄的話，這個請你吃。」

愛西亞從提袋裡面拿出來的——是一串香蕉。香蕉是奧菲斯也經常帶著走的點心。除此之外，她也經常拿香蕉給邪龍四兄弟和法夫納吃。也許在愛西亞的心目中已經有個「龍族＝香蕉」的公式存在了吧……

「這個叫作香蕉，很好吃喔！」

「…………」

克隆．庫瓦赫本人則是默默從愛西亞手上接過香蕉，一副不知道該做何反應的樣子。將香蕉交給他之後，愛西亞便鞠了個躬，回到我這邊來。

愛西亞輕輕一笑，同時說：

「我偶爾也會和奧菲斯小姐一起來這裡探視。」

愛西亞和奧菲斯該說是混得很熟吧，她真的很擅長和龍族打成一片……阿撒塞勒老師也常常說，愛西亞具備能夠成為偉大馭龍者的資質。

——說到龍，我想到一件令人掛心的事情。

「……愛西亞，法夫納在那之後怎麼樣了？」

就是法夫納。在天界的那場戰鬥當中，為了保護愛西亞而受了重傷，又為了替愛西亞出頭而發動了猛烈攻勢的龍王——與李澤維姆交戰時，法夫納受到重創，因而一直沉睡。不過傷勢本身已經由愛西亞以她的神器(sacred gear)治好了就是……

愛西亞的表情瞬間充滿了悲傷，搖了搖頭。

「這樣啊……」

還是沒有反應啊……牠還是沒有回應愛西亞的召喚。大家都說，可能是傷勢比我們想像中的還要嚴重，牠的體力和意識都還沒恢復，所以才無法回應吧……

忽然，奧菲斯開了口：

「不用擔心——法夫納還在戰鬥。」

像是呼應著奧菲斯的發言，拿著香蕉的克隆．庫瓦赫也一臉認真地說：

「那個傢伙也是龍王。不是什麼會善罷甘休的貨色。」

「「？」」

我和愛西亞對於兩隻龍的發言都摸不著頭緒，能夠做出的反應也只有面面相覷，頭上冒出問號罷了。

如此這般之下，時間已經來到了正午。

我對奧菲斯說：

「好了，差不多該吃午餐了。奧菲斯，妳呢？」

依依不捨地摸了一下龍蛋之後，奧菲斯往我們這邊小跑步過來。

「吾，不會錯過餐點。」

真是的，沒想到我們的小蘿莉龍神大人這麼貪吃……

好了，既然我們要撤退了，另外一位邪龍大人有什麼打算呢……

「你打算──」

我正要問他的時候，才發現那個傢伙已經不見蹤影了。

知道奧菲斯要回去，他就立刻閃人了啊……

不過，剛才那串香蕉也和克隆．庫瓦赫一起消失了──

兩天後，是個假日——

這天，是我們和阿傑卡．別西卜陛下約好要接蕾維兒和萊薩回來的日子。

計畫是在我們準備好之後，從兵藤家地下的轉移型魔法陣房間，跳躍到別西卜陛下的所在地。

為了安定心情，我決定下樓去喝水。

結果，來到一樓的時候，坐在沙發上擦著釣竿的老爸叫住了我。

「啊，一誠，等一下我們一起去釣魚吧？媽媽也說要一起去。也問一下愛西亞好了！」

老爸笑咪咪地這麼約我。

釣魚啊……要加上愛西亞，就是四個人一起去？嗯……這個主意不錯，只可惜時機不對。要是在這個狀況下只有我和愛西亞脫隊去釣魚，感覺很對不起大家，有點不太好意思。

我摸了摸後腦杓，一臉尷尬地說：

「不好意思，老爸……我現在不太方便離開，因為有件很重要的事情要辦。下次再去可以嗎？」

聽我這麼說，老爸——露出有些失落的表情之後，苦笑著說：

「……這樣啊。我原本想說父子偶爾一起去釣魚也不錯，不過你已經是高中生了，也有身為學生的安排吧。」

「抱歉。」

「道什麼歉，又不會怎樣！下次再去就好啦！」

老爸貼心地這麼說……

不過，沒辦法告訴他們實情讓我很心痛，但這也是為了不讓老爸老媽遭逢危險的處置方式啊……

我婉拒老爸之後，老媽也靠過來對我耳語：

（你老爸啊，是因為你說將來想自己創業開公司，所以感到非常開心，想和你到海邊一邊釣魚，一邊一對一好好聊聊啦。）

——！

……原來是這樣啊。老爸確實是非常興奮啦。原來是因為這樣才想和我一起去釣魚啊。

（是喔……原來如此。可是，改天再去也可以吧？）

我這麼說，老媽便帶著苦笑，拍了一下我的背。

（好啦，今天就由我陪你老爸，你去做你的事情吧。）

老媽又對拿起杯子的我這麼說：

「不過呢，一誠。爸爸有時候也想以父親的身分和你談一些事情喔。唯有這點，你絕對不能忘記喔！」

……和老爸談事情啊。

只有我們兩個鄭重其事地對談也挺讓人害臊的呢……我已經是青春期的男生了，要和父親對談也是相當高難度的事情……

「我知道啦。」

這個時候，我是這麼回答的──

我們依照時間，在地下室集合完畢。神祕學研究社成員、西迪眷屬、葛莉賽達修女、阿撒塞勒老師都到了。杜立歐得負責天界的警備，幾瀨鳶雄好像也因為別的任務而沒來這裡。瓦利隊也沒有過來，就連黑歌和勒菲都被叫了回去，陪瓦利他們一起行動……

「…………」

回想著剛才和老爸老媽的互動，讓我有點心不在焉。等一下就要去見蕾維兒他們了，老爸老媽剛才對我說的話卻也讓我相當在意……

「你怎麼了，一誠？」

或許是有點介意我的狀況，阿塞塞勒老師狐疑地這麼問我。

「啊，不好意思。我在想事情。」

不知道莉雅絲是不是知道這件事，她對我說：

「你和你父母怎麼了對吧？」

不愧是莉雅絲，真了解我。

老師嘆了口氣說：

「什麼嘛，你和你爸媽怎樣了？這種時候分心對我們也是個問題。說出來聽聽吧，也許可以讓你的心情變得輕鬆一點。」

或許是這樣吧。於是我把剛才發生的事情告訴了大家。

「也不是什麼大不了的事情啦。只是我老爸問我要不要去釣魚。不過這邊的事情比較重要，所以我拒絕了。」

聽我這麼說，老師摸著下巴，意味深長地說：

「釣魚啊……而且還是父子一起去是吧。」

老師直截了當地說：

「吶，一誠。就算今天去不成，下次你還是和你老爸一起去釣魚吧。」

「咦？好、好啊，我也是這麼打算啦……不過你怎麼突然這麼說啊，老師？」

老師把手放在我的肩上說：

「父母不會一直陪在你身邊。總有一天，一定會從你身邊消失。正因為如此，小孩子得趁父母還在的時候做你們該做的事情。」

「好、好的，我知道了……」

不經意地，我和朱乃學姊對上了眼——而她也對我回以微笑。

父母不會一直陪在我身邊啊……說的也是，父母健在的我，在夥伴們當中或許算是相對幸運的一個了吧。

……好，下次有空的時候，就和老爸一起去釣魚好了。偶爾享受一下和家人一起度過的時光也不錯！

我如此重新調適了心情。

老師望著大家說：

「這種事情，莉雅絲和其他人也要好好記住喔。」

「我非常清楚啦。不過，時間也差不多要到了吧？」

面對莉雅絲冷靜的反應，老師嘆了口氣。

「真是的，你們這些年輕人就是這樣……好啦，你們準備好喔。」

阿撒塞勒老師手上發出光芒，我們腳下的巨大轉移型魔法陣也跟著閃耀起來。即將前往的地方是阿傑卡·別西卜陛下的所在地——我們得到的只有如此曖昧的說明。

幾秒鐘之後，我們在魔法陣發出的光芒籠罩之下，跳躍到目的地去——

光芒平息之後，出現在眼前的——是一處沙灘。

沒錯，放眼望去是一片大海！天空……相當昏暗。是晚上。平穩的海浪聲，響徹整個海邊……冥界沒有海。聽說有巨大的湖泊就是了……天空看起來也和冥界的不一樣，所以這裡應該不是冥界吧。那麼，是人類世界……？

只是我這個想法也在看見浮現在空中的東西之後立刻否決了。因為疑似月亮的東西——有兩個。在人類世界，從地球上看見的夜空當中只有一個月亮。

那麼，這裡是……？

大家也都發現這裡既非冥界卻也不是人類世界，而東張西望。

「——這個領域，重現了一個位於其他次元，被視為『異世界』的世界。」

忽然，有人對我們這麼說。我順著聲音傳來的方向看了過去——發現沙灘的一角有一名男子坐在椅子上。散發出妖豔氣息的男子——正是現任魔王阿傑卡·別西卜陛下。

在別西卜陛下身旁還擺了張床，而且好像有人躺在上頭。

……沙灘配椅子和床實在是太不搭了。正常來說，來到沙灘就應該看見遮陽傘和躺椅才對……不過這種詭異的選擇又讓人覺得很有這位魔王陛下的風格。

別西卜陛下闔上他原本在看的書，向我們打招呼。

「久違了，各位吉蒙里眷屬……不，現在該稱呼你們為『D×D』了吧。」

阿撒塞勒走上前去，對站起來的別西卜陛下伸出手，表現出要握手致意。

「上次是在冥界短暫見面的時候了吧，阿傑卡。」

別西卜陛下一面和老師握手，一面輕輕一笑。

「像這樣在沒有其他重要人士的狀況下見面好像是第一次吧，阿撒塞勒前總督。」

「不如說，應該當作這次見面是有人安排好的才對吧？」

老師望著沙灘這麼說。

別西卜陛下苦笑道：

「各勢力應該會認為我們兩個見面是很危險的一件事吧。即使有『D×D』小隊同時列席也一樣。」

在兩位大人物問候過彼此之後，莉雅絲問道：

「阿傑卡陛下，萊薩和蕾維兒呢？」

別西卜陛下看向床那邊說：

「萊薩．菲尼克斯我已經先一步請人送回菲尼克斯本家了。至於那位小姐，我想直接交給你們比較好。蕾維兒小姐就在那裡。」

我看向那張床——躺在上面的正是睡得安穩的蕾維兒！

——！

我……我們大家都忍不住跑到她身邊！

「蕾維兒！蕾維兒！」

「蕾維兒！」

我和小貓攀到床邊，喊著她的名字。

別西卜陛下為了讓我們放心，如此表示：

「她只是睡著了。」

或許是聽見我們的聲音了，蕾維兒有了反應。

「…………嗯嗯…………一誠……先生？小貓同學……？」

蕾維兒睜開眼睛，看著我和小貓！

「嗚哇啊啊啊啊啊啊啊啊啊——！」

確定蕾維兒沒事之後，小貓毫不掩飾地宣洩出湧現在心頭的情緒，緊緊抱住了蕾維兒。

無論如何，我也不太方便這樣緊緊抱住她……不過確定蕾維兒沒事也讓我的淚水奪眶而出！仔細一看，大家也都鬆了一口氣。

……這樣啊，不只蕾維兒，萊薩也平安回到菲尼克斯家了啊！

老師補充了這樣的情報：

「其實我們的特工——刃狗(slash dog)的小隊先到菲尼克斯家去了。我叫他們去保護萊薩。因為不知道會不會發生什麼事情。」

原來如此，幾瀨因為別的任務而沒來，就是到萊薩那邊去了啊。

……話說回來，既然都派了在神子監視者當中也被視為最上級的特工小隊過去，就表示萊薩的安危是最重要事項嘍……？

蕾維兒之所以睡在這種地方，或許也和這件事有什麼關係吧。看來他們兩個真的被捲入非常不得了的事情當中。

確認菲尼克斯兄妹平安無事之後，別西卜陛下再次對我們開口：

「言歸正傳。我之所以請你們和前總督大人來到這裡，不只是為了告訴你們那位少女平安無事。」

如此表示的別西卜陛下，從懷裡——拿出了一個棋子……說到別西卜陛下，最著名的就是創造出「惡魔棋子(evil piece)」了，所以我也立刻聯想到那邊去……但是，我卻沒看過那種形狀的棋子。和「士兵(pawn)」、「騎士(knight)」、「主教(bishop)」、「城堡(rook)」以及「皇后(queen)」的任一者都不相像。

「你們知道這顆棋子是什麼嗎？至少應該看得出這是惡魔棋子(evil piece)吧。」

沒錯，眼前這顆棋子散發出來的這股波動——確實是屬於惡魔棋子（evil piece）的。我和在場的轉生惡魔，應該都可以從體內的棋子感受到同樣的波動才對。

這時，別西卜陛下做出了衝擊性的發言：

「——這是『國王（king）』的棋子。」

『——！』

…………那是怎樣！所有人聽見陛下的報告都大驚失色！那當然了！因為，我們之前聽了惡魔棋子（evil piece）的說明，都相信沒有「國王（king）」的棋子。

我們得到告知的情報，都是在成為上級惡魔之後，就可以觸碰只存在於各領的領主城以及魔王領的魔王城的「石碑」，並登錄為「國王（king）」，就可以獲得擁有眷屬的權力跟惡魔棋子（evil piece）。所以，根據我們所聽說的，並沒有「國王（king）」的棋子……

剛才我說，所有人都大驚失色，但只有一個人不為所動，冷靜地看著一切——是阿撒塞勒老師。

「……我聽過這東西的傳聞，不過這還是第一次親眼看到。」

「……你知道有這個東西嗎，老師？」

聽我這麼問，老師摸著下巴說：

「我說了，只是傳聞。不過，在和惡魔締結了協定之後，這個傳聞在我的心目中就變得一天比一天還要真實了。」

原來有這種傳聞啊……？不不不，我也只能驚訝了！

身為上級惡魔，同時也是「國王（king）」的莉雅絲，帶著一臉難以置信的表情，凝視著別西卜陛下手上的棋子。

「……『國王（king）』的……棋子？怎麼可能，我聽說製造『國王（king）』棋子的技術至今尚未完成，所以才以『石碑』來完成『國王（king）』的登錄，藉此讓系統運作……」

聽了莉雅絲這番話，別西卜陛下點了點頭回應道：

「沒錯，『國王（king）』的棋子照理來說不應該存在。如妳所說，以惡魔棋子（evil piece）的系統而言，『國王（king）』原本是登錄制……不對，是我故意設定為登錄制。為的是不讓『國王（king）』浮上檯面。另一方面，也是因為我認為在眷屬惡魔昇格時，原本在體內的棋子與『國王（king）』的棋子發生重複及融合現象的話會很危險。」

別西卜陛下在手中把玩著棋子，同時繼續說了下去：

「這顆棋子的特性——是單純的強化。但是，並非讓力量變成兩倍或三倍這種程度。利用這顆棋子所能得到的強化，至少從十倍，甚至到百倍以上。力量確實能夠跳升好幾個層次。因此，我決定禁止使用『國王（king）』的棋子。因為害怕有人在得到力量之後對政府起歹念，意圖加害政府。強大的力量，就是足以蒙蔽一個人的雙眼。」

……單純的強化。從十倍到百倍的話，效果不就和奧菲斯的蛇一樣了？

舊魔王派知道這件事嗎？……這點我是不清楚，不過就算他們知道大概也不會想用吧。

畢竟，「國王(king)」的棋子是現任魔王創造出來的東西——我不認為憎恨現任魔王的他們會想用「國王(king)」的棋子。

同時，因為強化而起歹念的例子在舊魔王派當中也可以看到……那些傢伙在有奧菲斯為後盾，得到蛇之後，感覺都沉溺於力量之中了。

假使能夠使用「國王(king)」棋子，很有可能會出現得意忘形的上級惡魔和轉生惡魔……像迪奧多拉肯定會沉溺在「國王(king)」棋子的力量之中。也難怪會被別西卜陛下禁止了。

別西卜陛下在手邊展開了一個小型魔法陣。稍微以魔力操作之後，沙灘上就呈現出數十名人物的資料！

……總覺得我好像在紀錄影片和排名遊戲的雜誌上看過這些臉孔。

莉雅絲和蒼那前會長似乎也覺得看過這些人，顯得困惑不已。

在這樣的狀況下，別西卜陛下說出更加令人震驚的情報：

「投影在這裡的人們，都是目前在排名遊戲當中名列前茅的選手。他們的共通點在於原本都是七十二柱——也就是純血的上級惡魔出身。同時——因為冥界的高官們的企圖，他們也都使用了這個『國王(king)』的棋子。這件事當然沒有公開。結果，使用者當中，有些人的水準已經達到了所謂的最上級惡魔的程度，甚至要說是魔王級也不為過。」

『──！』

……大家都不知道該說什麼才好。對於別西卜陛下這番令人為之驚愕的發言，所有人都只能屏息不語。

在吞了一口口水之後，蒼那前會長問了別西卜陛下：

「……那麼，投影在這裡的高排名選手的實力……？」

「沒錯，他們的實力都是透過沒有正式公布的規則以外的力量，得到了提升。經營遊戲的執行委員多半也都涉入其中。不只是使用『國王』棋子，在商業授權的選擇方面，賄賂也是家常便飯，還有顧及高官們的企圖的假比賽對戰組合等等……排名遊戲已經充滿了弊端，變成非常不公正的比賽了。當然，也是有些以實力而名列前茅的選手。像是前龍王坦尼、魯迪格．羅森克魯茲等人，主要都是轉生惡魔。」

……驚人的宣告讓大家陷入一片死寂。

的確，投影出來的資料當中，確實是沒有坦尼大叔。果然，那個人還是只憑實力站上最上級惡魔之位的。

別西卜陛下聳了聳肩。

「人類世界的國際比賽其實也有類似的情況就是了……只能說冥界的排名遊戲也不例

外吧。我只不過是遊戲的發起者，負責的部分只有最根本的系統管理而已。其他都被高官們吩咐『不准碰』、『不准插嘴』，排名遊戲就這樣被搶走了。所謂的發起者，無論在任何時代，只要稍微離開自己製作的東西，就會被其他人當成眼中釘。」

在排名遊戲的系統完成之後，大部分的權利就被現在的營運團隊搶走了是吧。

說不定阿傑卡・別西卜陛下之所以製作別的遊戲，就是因為不喜歡排名遊戲像這樣混進了別人的企圖吧。

我以前好像聽說過，在從事創作工作的人之中，有些人不喜歡其他創作者的創意混進自己的作品當中。

「也就是說，儘管是一道窄門，但只要有實力，任何人都有可能在排名遊戲當中成功、成為高排名選手，這樣的一面雖然不完全是虛假的……不過，想要擊潰現在的頂尖選手們，除非是像你們這種極為突出的例外中的例外，否則很難打破現狀。」

……憑著不成熟的意念與實力，無法超越創造出來的頂尖選手是吧。

「頂尖選手的排名之所以變動不大也是因為……」

經常收看排名遊戲比賽的木場這麼問了別西卜陛下。

「──只是經過絕妙的平衡調整，呈現出那樣的抗衡狀態罷了。背後當然是那些貪圖利益的舊時代惡魔在動手腳。頂尖選手對抗頂尖選手的比賽，本身就能夠帶來龐大的金錢。只要能夠操弄比賽，更得以增加甜頭。儘管轉生惡魔的表現越來越傑出，想要挑戰用了『國王』棋子，又有舊時代惡魔們的企圖從中操弄的頂尖選手們，對許多挑戰者而言還是極大的障礙。」

別西卜陛下的這句話——讓蒼那前會長當場跪倒在地。

「…………竟有此事……！」

對於打算成立一所任何人都能夠就讀的排名遊戲學校的蒼那前會長而言，這項情報近乎劇毒吧……

——「國王」的棋子、頂尖選手的排名操作。

事實真是殘酷。

「……這樣的情資足以顛覆一切呢。要是民眾知道了這樣的消息，足以劇烈撼動冥界的價值觀啊……」

匙扶著蒼那前會長，帶著苦悶的表情這麼說。

「……即使是瑟傑克斯也很難改變這一切是吧。」

阿撒塞勒老師這麼問別西卜陛下。

「因為，原則上排名遊戲表面看起來經營得很順利。要是胡亂插手的話，很可能害得冥界目前的均衡狀態崩潰。在必須以保存種族存在為重的狀況下若是讓內部鬥爭升溫，反而是捨本逐末。如果有個什麼契機，或許能夠一口氣讓他們垮台，但對手多半都是老奸巨猾的年長惡魔。只要是為了貴族社會和利益權勢，他們什麼都做得出來。以某個角度來說，他們比舊魔王派還要棘手，牽涉到的黑暗面也更加深沉。即使是人稱超越者的我和瑟傑克斯，在政治面也不得不與他們拉鋸。」

……排名遊戲又牽涉到政治和經濟……而且背地裡還有惡魔顯要們為了利益權勢而安排因循苟且的對戰組合啊……這下子我們可是得知了非常不得了的內幕。如此一來……我已經無法認真觀賞排名遊戲的職業賽了！

那場吉蒙里與巴力之戰，背地裡也是現任魔王派和大王派在爭權奪利，或許正是這種狀況的延伸吧。

比賽本身相當實在。我想，一定是瑟傑克斯陛下希望至少讓我們的比賽不受汙染，而暗中盡了一切努力吧。

莉雅絲一臉凝重地問了別西卜陛下：

「不過，為什麼要告訴我們這種情報？照理來說，這應該是高層——非魔王層級者不應該知道，被歸類為極度機密的情報才對吧？」

別西卜陛下緩緩閉上了眼睛。

「不應該知道這件事，並刻意不被告知這件事的人，知道了真相——我指的是皇帝(emperor)彼列，也就是迪豪瑟。他得知了這個事實。」

——！在這種時候提到了冠軍的名字啊……而且還說他是不該知道排名遊戲真相的人。

「迪豪瑟是是純正的嗎？」

聽了老師的提問，別西卜陛下點頭以對。

「沒錯，他是憑藉極為純粹的傑出才能成為冠軍的惡魔。是不靠『國王(king)』棋子爬上頂點的真正強者。因此，他才會做出之前那樣的行動——李澤維姆・李華恩・路西法之所以能夠成功奪走阿格雷亞斯，正是因為有他的協助。一切都是為了知道真相吧。」

『——！』

……竟有此事！這又是一個令人驚愕不已的情報。那個皇帝(emperor)彼列竟然協助李澤維姆——協助邪惡之樹！搶奪阿格雷亞斯的那個事件也和冠軍有關……

我這才想通了。在我們去奧羅斯的時候，冠軍也來到我們這邊陪伴孩子們。當時他還藉口是在阿格雷亞斯拍攝電影順道過來……這樣啊，那個時候冠軍就已經暗中和李澤維姆……

——在奧羅斯防衛戰當中，敵人之所以總是搶先我們一步，是因為有冠軍在打點一切。

……可惡，在憤怒之餘，驚訝的事情更是多到不行，害我都快精神失常了！

莉雅絲也因為過於驚訝，肩膀不住顫抖。

「那個冠軍……竟然協助恐怖分子……！」

「因為想知道真相而背叛，這樣的做法比起稱之略嫌過火，不如說未免也果決得太過頭了吧。」

就連個性比較果決的潔諾薇亞，對於冠軍的行動也心生疑問。

別西卜陛下也皺起眉頭。

「關於這個問題，他也有他的苦衷……追根究柢的話，也可以說是那些舊時代惡魔的錯吧……那些老人家們的企圖一點一點，緩慢而確實地扭曲冥界的根幹，現在終於到達了極限。而崩潰了這一切的正好是冠軍，不過是如此而已。」

冠軍的苦衷——……那個人不惜與冥界、惡魔，甚至所有勢力為敵……是有他的理由的嗎……我見到他的機會相當有限，但是在我看來他並不壞啊。只是因為我是個經驗不足的小孩，所以觀察力不足以看穿他是個壞人嗎……

忽然，有件事讓我感到好奇，便問了別西卜陛下：

「萊薩和蕾維兒為何會碰上這種遭遇呢……？皇帝(emperor)彼列是打算利用他們發動恐怖攻擊嗎？」

事已至此，最讓我好奇的就是冠軍把菲尼克斯兄妹牽扯進這件事情。

別西卜陛下回答道：

「他大概只是為了呼喚我，想和我單獨對話，而利用了他們吧。因為，遊戲中只要發生了舞弊行為，就會歸我管理，由我來處理發生的狀況。這次的舞弊行為，是冠軍對系統使用了能力。他擁有一種名叫『無價值』的力量，能夠使特性失效，而他用了這個能力讓排名遊戲的強制淘汰系統失效，緊急程式也因此發動……只是，冠軍做出這種行為的原因讓我很好奇，所以我也轉移到了現場。」

……這就是舞弊行為的真相啊。

冠軍以本身的特性扭曲了遊戲的程式，結果，對於舞弊行為產生興趣的別西卜陛下也跳躍到了現場——

「那麼，你在那裡聽他說了些什麼對吧？」

聽阿撒塞勒老師這麼問，別西卜殿下點了點頭回應：

「沒錯，他表示自己知道『國王(king)』棋子的事情，也坦承自己協助了李澤維姆——但是，他如果只是這麼做的話，留在現場的菲尼克斯兄妹也會有危險。」

「這是怎麼回事？」

我再次詢問別西卜陛下，這時阿撒塞勒老師開了口：

「排名遊戲除了給觀眾用的攝影機之外，還有監視用的攝影機。監視用的攝影機所拍攝的畫面，除了供營運陣營確認之外，在某些情況下高層的人也會監看影像。阿傑卡和冠軍的對話，高層一定也會看。同時，他們也會懷疑在場的菲尼克斯兄妹涉入其中。包括『國王(king)』棋子在內，阿傑卡和冠軍肯定是講了一連串被列為極度機密的事情。要是沒處理好，搞不好會被收拾掉。」

「被收拾掉……怎麼這樣！」

只是剛好在場而已，蕾維兒他們就得被收拾掉嗎！再怎麼說都太過分了吧！

別西卜陛下苦笑道：

「肯定會。那些老人家為了保住面子，不需要什麼特別的理由也能夠不以為意地做出那種事情來。過去曾經查明『國王(king)』棋子的真相的人，他們也都毫不留情地收拾掉了。冠軍害怕事情會變成這樣，所以才在利用完菲尼克斯兄妹之後，將他們交給我照顧。他大概是認為那些老人家也動不到我這邊來吧。」

……這就是冠軍彼列對萊薩那場比賽中發生的事件的始末啊……

別西卜陛下繼續說了下去：

「之所以沒有立刻將他們兩位交給你們，也是因為必須等到確定能夠保障他們的平安才可以釋放他們。若是前途光明的年輕人因為老人家的企圖而遭到殺害，我也無法接受。」

萊薩和蕾維兒牽扯到極度機密卻能夠平安無事，是因為別西卜陛下一直掩護他們到現在的緣故啊。

……陛下是如此妖豔，又深深與冥界的各種事務息息相關，高深莫測到我完全無法捉摸的地步，不過光是從他解救了菲尼克斯兄妹這一點來看，就是一位值得信賴的魔王。仔細想想，我之所以能夠變得這麼強，也是因為陛下為我調整了棋子。

這時，重新振作起來的蒼那前會長站了起來，瞇著眼睛說：

「阿傑卡陛下，所以至今仍未現身的冠軍到底想做什麼呢？」

是個切入核心的問題。

別西卜陛下如此表示：

「——大概是想將我剛才在這裡告訴你們的事情傳遍冥界全境，乃至於各勢力吧。」

『——！』

別西卜陛下道出冠軍的目的，讓眾人無不屏息。

……我不是要重複剛才匙說過的話，但要是大家知道了這件事，冥界的價值觀真的會天翻地覆。因為排名遊戲具有未知的可能性，對於下級、中級惡魔而言是夢想，更是希望——

……要是知道內部早已汙穢不堪，就連排名也被動過手腳，之前一直懷抱著夢想生活至今的人們……就連以排名遊戲作為將來的夢想的小孩子們，也會失去希望吧。

由排名第一的絕對王者，皇帝（emperor）彼列口中說出如此的真相，想必是再有分量不過了。

蒼那前會長帶著苦不堪言的表情說：

「……可能會造成更甚於之前的犧牲吧。」

敵人搶奪阿格雷亞斯與襲擊天界時已經造成許多犧牲了。冠軍的目的，將造成比目前還要嚴重的傷害吧。知道了真相，很有可能引發民眾暴動。

別西卜陛下嘆了口氣。

「……想必會有相當程度的犧牲吧。尤其這次推動事情的方式格外強硬。搶奪阿格雷亞斯那次也好，這次也罷，都將造成無法忽視的損失。」

「和阿傑卡陛下談完之後，冠軍上哪去了……？」

莉雅絲這麼問。想說的說完了，想問的問完了之後，冠軍到底上哪去了？

「因為強制轉移而離開了。大概是李澤維姆的力量，或是在魔術方面格外傑出的邪龍，阿日·達哈卡的力量吧。也許他們認為讓冠軍和我待在一起太久會有危險。」

別西卜陛下這麼回答。

不過，我忽然又冒出一個疑問。

「……可是，為什麼他要在和萊薩比賽的時候做出那種事情呢？在對上其他對手的時候不行嗎……？」

我問出了相當基本的問題，但別西卜陛下只是輕輕笑了一下。

「關於這一點你們總有一天會知道的。他的著眼點比想像中的還要尖銳。」

……？我搞不太懂，不過冠軍之所以利用萊薩他們，可能就是還有什麼別的理由？

阿撒塞勒老師嘆了口氣之後說：

「話說回來，阿傑卡。既然舊時代的惡魔們能夠看到監視攝影機的影像，就表示你和皇帝(emperor)彼列的對話也被他們聽見了。我想這連問要不要緊都是白問吧。」

「現場發生的事情我已經做了某種程度的篡改。不過，老人家們大概也已經察覺到內情，開始行動了吧……」

老師聳了聳肩。

「照這樣看來，即使冠軍有所行動，你也已經有好的對策了吧。畢竟你是個做事周到的傢伙。」

「我好歹也是惡魔之王嘛。而且，做瑟傑克斯辦不到的事情，就是我的工作。」

「原來如此，說的也是——不過，就算發生再多事情，還是應該盡可能減輕犧牲才對。」

「是啊，這點我也非常清楚。尤其是無辜的百姓，我並不打算讓他們犧牲。」

阿撒塞勒和別西卜陛下意味深長地凝視著彼此好一陣子。兩位重要人物，而且彼此都是種族之長，或許有什麼共通的想法吧。

「總之，我要再次為了蕾維兒和萊薩感謝你，阿傑卡。」

「這只是舉手之勞罷了，前總督大人。難得有值得期待的新生代出現，我怎麼可能讓他們送命呢？排名遊戲目前的狀況，是因為我的預期太過天真所導致，可以的話我希望有什麼要素能夠盡可能整頓大環境。萊薩．菲尼克斯，還有你們這些新生代惡魔，都是有望改變今後的排名遊戲的重要人才。」

我也上前一步，低下頭來說：

「……太複雜的事情我不懂，政治方面我也只能相信、仰賴阿撒塞勒老師和各位魔王陛下。不過，如果只是道謝的話，我也想表達我的謝意。非常感謝陛下救了蕾維兒和萊薩。」

這是我最直率的心意。真的，什麼政治啦、排名遊戲的黑暗面啦，對我來說都太過於遙遠，我完全不知道該如何處理；但是，陛下救了蕾維兒。既然如此，為此道謝就是天經地義的事情。

「……謝謝陛下。」

「謝、謝謝陛下！」

小貓也在我身邊鞠了躬。加斯帕也跟著照做。他們兩個也想感謝陛下救了他們的朋友吧。在場的「D×D」成員也全都鞠躬道謝。

別西卜陛下露出了微笑。

「彼此彼此，接下來可能還得麻煩你們新生代惡魔很多事情，還請你們務必要克服萬難。高層的事情有高層會處理。接下來，無論發生什麼，你們只要在該大展身手的時候大展身手，該守護到底的時候守護到底就可以了。」

陛下說的真是太簡單易懂了！

好，兵來將擋，水來土掩，守護所有該守護的事物！我們就是這樣。這正是我們長久以來一直在做的事情，也是我們今後該繼續做下去的事情。

——這時，阿撒塞勒老師豎起一根手指，問了別西卜陛下：

「還有一件事我想問你——現存的『國王（king）』棋子有幾顆？」

「生產線本身在製造出第一批貨之後就已經停工了。不但製造方法沒有讓任何人知道，製造本身也只有我才辦得到，所以沒辦法再製造出新的棋子了。因此，現存的棋子就只有第一批製造出來的分量的剩餘部分。根據我所掌握到的資訊，剩下的棋子包括我手上這一顆總共有九顆。冠軍的那一顆我收下了。在我手邊的總共有四顆。」

不知不覺間，別西卜陛下手上多了第二顆「國王（king）」棋子。我猜，那就是冠軍交給陛下的那顆吧。

聽了這個答案，老師的表情變得凝重。

「……剩下五個都在惡魔大官們的手上啊。沒想到有這麼多。有這麼多的話，在緊要關頭足以顛覆局勢呢。」

……那種驚人的棋子如果用在適當的人身上，很有可能得到最上級惡魔，甚至是魔王級的力量。即使是老師，也不知道剩下那五顆棋子能夠創造出怎樣的惡魔來吧。

別西卜陛下以充滿決心的眼神說：

「即使得花上幾千年，我也打算收回那些棋子。身為始作俑者的我，至少得做到這種地步才行。」

之所以收下冠軍那顆，也是因為陛下打算悉數收回吧。要是棋子落到陛下以外的人手中，天曉得會怎樣被濫用。不過，冠軍的那顆「國王」棋子竟然沒有被李澤維姆拿走啊……是因為他藏起來了嗎？還是李澤維姆有某種堅持而沒有使用棋子呢？

或許是察覺到我的想法了，魔王陛下表示：

「『國王』棋子若是使用在過於強大的人，或者是擁有奇異能力的人身上，似乎會產生充溢現象。最糟糕的情況，可能會危及性命。即使得救了……後果恐怕也不堪設想吧。」

原來還有這樣的一面啊。所以實力夠強的人反而不應該用嘍。說不定舊魔王派之所以沒有使用也是因為這樣？李澤維姆也是因為用了可能會死掉才沒有用嗎……？真是疑問不斷。

別西卜陛下對老師說：

「還有，阿撒塞勒前總督大人。」

「什麼事？」

「我想，你應該小心為上。老實說，如果我是敵人的話，為了打倒『D×D』肯定會先從你下手。」

——！

……大家對於別西卜陛下的這番話似乎也頗有感觸，所有人的視線都集中到他們兩位身上。

別西卜殿下繼續說了下去：

「你太過能幹了。身為一個這麼有才幹的顧問，不只對這個隊伍而言如此，對於各個勢力也非常有助益。因陀羅或是黑帝斯下次如果要出手的話，肯定是針對你而來……你有這個自覺嗎？」

老師苦笑了一下，聳了聳肩說：

「……某個破壞神之前也對我說過同樣的話呢……不過，我已經準備了好幾個自保之道就是了。」

針對老師出手啊……老師是一路帶領我們至今的恩人。同時，身為與各勢力溝通的橋梁，他也一再和各式各樣的要人進行會談。目前這個現狀，「D×D」小隊之所以存在，也是因為老師竭力促成。即使是今後，老師的力量對於我們和各勢力的要人來說都非常重要。

……正因為如此，敵人更可能針對他出手吧。算我求你，可別太逞強了啊，老師……要是你被撂倒了，我們可不知道該何去何從啊……！不過，他也不是三兩下就會死掉的人就是了。儘管如此，別西卜陛下的忠告還是令人感到害怕。

阿撒塞勒反過來問了別西卜陛下：

「說是這麼說，聽說你也插手去管了相當奇怪的事情不是嗎？——『蒼藍革新的箱庭（innovate clear）』和『終極羯磨（telos karma）』的下落好像都快被你找到了吧？你似乎是以自己製作的『遊戲』在因應……這個空間也和那個有關吧。」

突然，阿撒塞勒老師舉出兩個神滅具（longinus）的名稱……這是怎麼回事？我知道別西卜陛下在日本的某地經營自己製作的「遊戲」……而那兩個神滅具（longinus），還有這個空間，都和那個「遊戲」有關？

別西卜陛下搖了搖頭。

「不好意思，我認為這是我的領域。即使是對神器（sacred gear）知之甚詳的你，大概也無法掌握住那兩個吧。畢竟，那些已經脫離這個世界的常理了。」

老師說了聲「這樣啊」，遺憾地嘆了口氣。

就在這個時候，一個聯絡用的小型魔法陣開始在別西卜陛下的耳邊展開。

於是別西卜陛下附耳過去。

「……是熱線啊。」

別西卜陛下意味深長地瞇起眼睛。

「……這樣啊，這步棋該算是奇招還是壞棋，抑或是……」

陛下轉過頭來，對我們說：

「你們立刻回去。」

「發生什麼事了嗎？」

由於事出突然，莉雅絲便如此反問，而魔王陛下說出令人震驚的一句話：

「——聽說奧菲斯遭到邪龍攻擊。」

『——！』

我和大家都只能啞口無言——

那些傢伙的惡意，再次開始行動了。

—○●○—

兵藤家樓上——

剛才的原班人馬加上杜利歐，都聚集到奧菲斯的房間。

被我們帶回來的蕾維兒則是在自己的房間裡休息，我們也請小貓過去照顧她。

而在我們眼前的，是躺在床上的奧菲斯……她的衣服變得破爛不堪，愛西亞目前正在為她治療。外傷已經一點一點逐漸癒合了……不過，在我們從別西卜陛下的領域回到這裡的時候，渾身傷痕累累的奧菲斯根本已經不見原形了。

四肢支離破碎，臉孔也血肉模糊到令人不忍卒睹，全身還充滿了利爪劃出的裂傷。失去意識的她，在接受治療的現在也一直沒有醒來。

……在她還是無限的時候，這種傷勢根本不足掛齒吧。但是，現在的她是有限。即使比在場的任何人都還要強，還是會受傷。

……可是，到底是誰幹的？我根本想像不到有誰能夠痛毆奧菲斯，她到底是在哪裡遭受攻擊的？

杜利歐對滿心疑問的我說：

「……看來，她似乎是在那個地下空間遭到攻擊的。我因為隱約有種不安的感覺而前往那裡的時候，邪龍正好要逃走。人在那邊的克隆．庫瓦赫好像先一步趕到了。」

「…………」

我順著杜利歐指的方向看了過去，發現了靠著房間的牆壁的克隆．庫瓦赫。

杜利歐繼續報告：

「奧菲斯倒下的時候……依然擋在『虹龍（specter dragon）』的蛋前面。」

…………

……也就是說，敵人是把保護著龍蛋的奧菲斯打成這樣的嗎……？

……沒錯，那些傢伙確實幹得出故意攻擊龍蛋這種勾當。而現在的奧菲斯，肯定會保護那顆龍蛋。如果他們的目的是奧菲斯的話，針對那顆龍蛋下手也可以說是理所當然的吧。

如果沒有其他因素，奧菲斯應該能夠一邊保護龍蛋，一邊打倒邪龍才對。既然她辦不到，就表示他們還準備了什麼能夠讓奧菲斯毫不抵抗的手段吧……？

無論如何，他們都把毫不抵抗的奧菲斯傷成這個樣子了。果然是邪魔歪道會幹出來的好事……！

「…………！奧菲斯……」

我的臉上寫滿了憤怒，渾身因怒意而顫抖。

……這個傢伙一直過著和平的日子。她選擇了和我們一起度過日常啊！還興致勃勃地守護著「虹龍(specter dragon)」的蛋！她只是想過著平凡的生活而已啊！

我全身上下散發出憤怒的氣焰，而愛西亞和莉雅絲安撫著這樣的我。

「一誠先生……」

「一誠，你冷靜一點。要是失去了冷靜，只是正中他們的下懷。大家都明白你的怒意。大家和我也是，心裡都充滿了不停湧現的憤怒。」

「……我知道啦，一切都是他們的……那個傢伙的煽動策略……！」

——李澤維姆、邪惡之樹！

唯有那些傢伙，我還是無法輕饒……！

我重新確定了內心的怒意該指向何方時，老師耳邊展開了一個聯絡用的魔法陣。

「怎麼了，發生了什麼事？」

注意著聯絡的老師，在聽完內容之後頓時說不出話來。隨即，他露出了心有不甘的苦澀表情。

「——！…………搞什麼啊，那傢伙居然來這招……！」

隔了一拍，老師順了順呼吸之後對我說：

「一誠，你冷靜聽我說。我再說一次，你要冷靜喔。」

「到底是怎麼了，老師？到底是什麼事？」

「——你的父母，在外出的時候被邪惡之樹擄走了。」

聽見老師這麼說的瞬間，我感覺到自己心中有某種東西斷了線。

To be infuriated.

「D×D」成員聚集在兵藤家樓上的貴賓室。

從奧菲斯的房間來到這個地方來的我——木場祐斗與夥伴們，利用設置在貴賓室的許多螢幕，確認某段紀錄影片。

——映照在畫面上的是那個地下空間。

既然保管的是前龍王坦尼先生託付給我們的貴重龍蛋，為了防範不測的事態發生自然必須監視，一方面也因為是稀少種，希望能夠以影片記錄孵化的瞬間，所以才會在那個地下空間設置了好幾台攝影機。

大家同時看著每一台攝影機拍攝下來的所有紀錄影片。

……出現在畫面上的，是一隻邪龍突然出現在地下空間當中，而奧菲斯與之對峙，然後……遭到無情蹂躪的一幕。

……由於畫面實在過於暴力，甚至有些成員無法直視，別開視線。邪龍的行為就是如此殘暴。

……黑色的鱗片與土黃色的蛇身，是一隻細長的蛇形邪龍。光從畫面研判，巨大的身軀約莫有二十公尺。儘管是蛇形，牠卻長著四肢，就連翅膀也有兩對。不知道是唾液還是毒液的不明液體不斷從張開的大嘴裡滴流，再加上那抹令人毛骨悚然的笑，簡直醜惡至極。

看見這一幕，大概是有了什麼頭緒，羅絲薇瑟小姐一臉嫌惡地搗著嘴說：

「『外法死龍（Abyss Rage Dragon）』——尼德霍格，是棲息在北歐的傳奇邪龍。討伐了牠之後還是會一再復活，是一隻非常棘手的龍。由於牠的執念之深，相傳即使諸神的黃昏——世界末日來臨，牠也能夠活下來……在紀錄上，最後一次討伐牠是數百年前的事情。不知道牠是自行復活，還是靠聖杯的力量。」

尼德霍格啊。我也在傳說書中讀過牠。相傳棲息在北歐世界的冰之國——尼福爾海姆的邪龍。是一隻貪得無厭的龍，總是餓著肚子，飢不擇食到會吞下任何東西。

這樣的尼德霍格，不斷對毫不抵抗的奧菲斯施加暴力。牠以巨大的前腳一次又一次打飛她、踩踏她，也用那張大嘴啃咬她。

為什麼奧菲斯會完全不抵抗呢？理由就是尼德霍格的左前腳抓著的東西。

——看似已經昏厥的一誠同學的雙親，就在尼德霍格的魔爪之中。

阿撒塞勒老師一臉苦澀地說：

「……看來，他們是先擄走一誠的雙親，才到奧菲斯那裡去的。不知道他們在那裡說了什麼，不過最後一誠的雙親還是被當成人質……」

沒錯，影片中突然出現在地下空間的邪龍與奧菲斯對峙，雙方不知道說了什麼。接著，尼德霍格給奧菲斯看了牠握在前腳裡的一誠同學的雙親。於是——奧菲斯便鬆懈了架勢，甘於接受邪龍的暴行。

「……看來牠也故意瞄準了龍蛋。真是卑鄙至極……！」

憤怒到渾身顫抖的莉雅絲前社長一邊看著螢幕，一邊這麼說。

影片中，尼德霍格好幾次都將矛頭對準了龍蛋，而每次都引得奧菲斯站到龍蛋前面，保護龍蛋。此時——那隻邪龍便毫不留情地反覆施加暴力。看著龍神堅強的表現，大家無不流下不甘心的淚水。

她是一誠同學的朋友。一定是因為朋友的雙親被抓去當人質，讓她心想「要是雙親死了，朋友會傷心」吧。而且，她一直興致勃勃地守護著「虹龍(specter dragon)」的蛋，想必也對那顆蛋有了親暱之情。

——然而這些都遭到敵人利用。邪龍的行動再怎麼惡劣也該有個限度吧。

即使擁有強大的力量，現在的奧菲斯已淪為有限，只要毫不抵抗地持續遭受攻擊，勢必落到現在的下場。

「……不過，牠是怎麼闖進那裡的呢？」

葛莉賽達修女冷靜地這麼問。

駒王町附近張設著堅固的結界。那個地下空間也在結界的領域之中，結界的結構並不會那麼輕易容許外敵入侵……話雖如此，過去也是有敵人突破結界過，也曾經有對我們懷有敵意的人在結界之外埋伏。這次，恐怕是兩者兼具吧。這裡的結界遭到突破，離開到結界之外的一誠同學的雙親也被逮到了。

聽說有知名特工在暗中保護出外釣魚的一誠同學的雙親，但他們也在當地被解決掉了。

老師答道：

「……是莉莉絲。奧菲斯的分身與奧菲斯之間……或許有什麼連結，而敵人恐怕利用了那種連結吧。無論如何，對方擁有另外一個奧菲斯……這或許是在表示，在有必要的時候，他們還有這招可以用吧。目前已經有人在分析遭到突破的結界了……真是的，身為研發者的我好像不該說這種話，但這個結界偏偏在這種時候特別不中用……！」

老師瞇著眼睛，把頭髮往上一撥，顯得相當不甘心。

「後來，邪龍就察覺到轉移而至的克隆·庫瓦赫的氣息，打到一半就逃走了。克隆和奧菲斯有接觸，並經常前往那裡。這或許對於敵方而言也是出乎意料的情報吧。」

正如老師所說，由於克隆·庫瓦赫轉移而至，影片中的狀況為之一變。尼德霍格在看見克隆·庫瓦赫的瞬間似乎大驚失色，看起來相當慌張。我想，牠大概完全沒想到克隆·庫瓦赫會出現在那裡吧。

影片中的克隆．庫瓦赫察覺到奧菲斯的變化，瞪了尼德霍格一眼，敵對的邪龍便轉移消失，逃之夭夭了。

紀錄影片在克隆．庫瓦赫走向奧菲斯，杜利歐先生也出現在地下空間的地方停了下來。

在那之後，杜利歐先生便將受了傷的奧菲斯送回她在兵藤家的房間裡。

這個情報在傳到阿撒塞勒老師的耳中之前，阿傑卡．別西卜陛下的情報網似乎就已經先掌握住了……

這就是奧菲斯遭到襲擊的始末。

「…………………」

完全明白了狀況始末的一誠同學不發一語——赭紅色的氣焰默默從他身上湧現。

一誠同學一直面無表情地盯著螢幕，在影片結束之後也只是默默不語，持續散發出前所未見的沉重壓力。

其震撼力之驚人，讓在場的所有人都不敢跟他搭話，只能緊張地吞口水。

最重要的雙親遭到敵人囚禁，甚至雙雙被當成人質，就連一誠同學相當照顧的奧菲斯也被傷害到遍體鱗傷。

——有些領域絕對不容侵犯，也就是所謂的聖域。

看著眼前的一誠同學的狀態，我深深這麼覺得。

邪惡之樹——李澤維姆．李華恩．路西法毫不客氣地踏進了那個領域，搗亂了一切。

——不得觸碰龍之逆鱗。

如果，天龍也有逆鱗的話，會變成怎樣？對方將會承受什麼樣的後果？

一誠同學——帶著失焦的眼神輕聲說：

「…………就是這樣吧，瓦利。我終於真正了解到你的心情、你的想法了。」

忽然，一誠同學看向克隆．庫瓦赫。

「……克隆．庫瓦赫，你為什麼沒有早點到……」

「……我會去那裡，只是為了觀察奧菲斯罷了。」

他這番簡短的回答，惹得一誠同學逼近他，揪住他的領子。

「……你不是一直看著奧菲斯嗎！你不是想從奧菲斯身上學習龍是何物嗎……！為什麼……為什麼會讓這種事情發生……！」

「…………」

面對一誠同學的控訴，邪龍只是不語。

這時，莉雅絲前社長介入其中，分開了兩人。

「別這樣，一誠。現在對他興師問罪也改變不了任何事情啊。」

莉雅絲前社長冷靜地勸說，但一誠同學的氣焰不減反增，同時吶喊：

「……我知道！我當然知道！可是、可是……！……可惡，老爸、老媽……！混帳……！李澤維姆那個混帳……！」

一誠同學開始因為憤怒而忘我了。我能體會他的心情。目前在場的人，多半都受到一誠同學的雙親照顧，也和奧菲斯一起生活。他們三位面臨這樣的危險，大家也都怒火中燒。就像我……我又何嘗不是氣憤不已！

——但是，不能放任他這樣下去。

這樣不行。要是就這樣進展下去，一誠同學——會變得和我一樣。變得和以復仇為動力，無法看清重要的事物、重要的人的心情那個時候的我一樣——

我抓住一誠同學的肩膀，對他說：

「冷靜下來，一誠同學。」

一誠同學甩開我的手，整個人貼到我面前，怒髮衝冠地揪住我的領口。

「……你這個傢伙，事情都變成這樣了還要我冷靜……？奧菲斯被揍成這樣，就連爸媽都遭人擄走了啊……！」

「就是因為這樣更要冷靜。這顯然是敵人的陷阱。這不只是要抓走人質，也是為了擾亂你和我們的心情，讓我們失去冷靜。再這樣下去，只是正中對手的下懷罷了。」

一誠同學依然抓著我的領口，低下了頭。

「──我絕對不會原諒那個傢伙。」

……果然，這樣下去是不行的。

我抓住一誠同學，一路將他推到房間的牆壁上。接著，我正面對他如此宣言：

「…………我不可能代替你。莉雅絲．吉蒙里的『士兵(pawn)』就只有你一個。所以，我可不會代替你。一個重要的朋友曾經對我這麼說過──你是莉雅絲．吉蒙里的『騎士(knight)』。所以，行動要以『騎士(knight)』精神為準則。」

這番話──是日前在與發動武裝政變的教會戰士們交戰之前，一誠同學對欠缺冷靜的我說過的話，現在我拿來回敬他。

或許是察覺到這件事了，一誠同學先是一驚，便苦笑著說：

「…………那個時候對你說過的話，現在完完全全可以套用在我身上耶。」

「我不會叫你收起怒氣。可是，即使是假裝，你也必須表現出平常心。要是憤怒到失去自我，你肯定無法發揮自己原本的力量。兵藤一誠的真正價值，就在於無論內心多麼憤怒，也能夠保持眼界的開闊，找出對手的破綻。」

沒錯，面對比你還強的對手，即使對方完全知道你有多少斤兩，你卻總是能夠找出對手的破綻。正面互毆確實是兵藤一誠的作風，然而出其不意、伺機而動的緊迫攻防戰也是兵藤一誠的作風。

——要是你怒而忘形，只是著了對手的道！

不想見到他落得那種下場的我，最後又補了這麼一句：

「而且，因為你的雙親被擄走而傷心的，不是只有你一個人。」

我看向愛西亞同學。一誠同學的視線也跟了過去。

我們的視線前方——是嚎啕大哭的她。

「……愛西亞……」

看見哭泣的愛西亞同學，一誠同學的眼神變回了平常的樣子。

愛西亞同學哭著說：

「……對我而言，他們兩位也是我好不容易才得到的父親和母親。一誠先生，我也……我也一樣……」

說到一半，愛西亞同學泣不成聲。自幼孤苦伶仃的她，來到此地終於得到了「家人」。終於有了能夠叫一聲爸爸、媽媽的人。

——因父母遭到囚禁而感到悲傷的，不只一誠同學一個。

看見愛西亞同學的模樣，一誠同學甩了甩頭，雙手掩面。

「……說的也是。抱歉，愛西亞。抱歉，大家……」

看來，他總算是找回冷靜了。

一誠同學忽然對我說：

「——木場，還好有你在。」

我才想這麼說呢。你也幫過我好幾次啊。這點小事不算什麼，不過是好不容易才還了你一次人情罷了。

就在大家的情緒稍微平復下來時，有人敲了門。

探頭進來的是黑歌和勒菲小姐。

「哎呀，你們在忙喵？」

「啊，午安，各位。」

兩人隨口打了聲招呼，而阿撒塞勒老師問了她們：

「黑歌、勒菲，妳們上哪去了？聽說妳們和瓦利一起行動是吧……」

黑歌一面大步走進來一面說：

「是啊，我們一直到剛才都還在一起喔。先別說這個了，我們之所以暫時脫隊跑回來，是因為掌握到重要的情資。」

黑歌望著大家說：

「——阿格雷亞斯。他們祕密基地的所在地已經差不多被我們找出來了。」

『——！』

這個情報讓大家都為之驚愕！

邪惡之樹用作根據地的浮游都市阿格雷亞斯！其所在地終於——

聽見這個情報，老師滿意地笑了。

「時機正好啊，黑歌——快說，偶爾也要由我們主動出擊才公平嘛。」

說的沒錯。我們總不能老是默默看著事情發生。

接下來，我們便開始討論阿格雷亞斯攻略戰的作戰計畫——

Life.3 兵藤一誠

將攻打阿格雷亞斯的作戰計畫擬定工作交給阿撒塞勒老師和蒼那前會長等等，以戰略見長的專家之後，我——兵藤一誠回到自己的房間，開始進行戰前準備。

無意間，我看向放在書桌上的相框。相框裡的相片上的人物，是我、老爸老媽，還有愛西亞。那是去年，在愛西亞開始寄宿在我家之後沒多久，在家門前面拍的照片。

我——把頭頂在牆壁上，任憑頭部自然下滑。

……要是我和他們一起去釣魚的話，是不是就不會變成這樣了？不，在那個情況，我不能不去接蕾維兒……可是，我應該……應該可以告訴他們一些什麼才對！

沒錯，為什麼我沒想到呢？對手既然是一群那麼危險的傢伙，即使我的雙親被盯上也不足為奇！在我的腦海裡，總認為老爸老媽住在和非人者沒有關係的世界而掉以輕心！我一直相信，即使自己轉生為惡魔了，他們兩位也還是人類世界的居民。

——而敵人也利用了這一點，踐踏了我的認知。

……我不知道該說什麼才好。在我腦海裡的想法……只有祈求老爸老媽平安無事的願望，以及絕對不會原諒那些傢伙的憤怒。

——我一定要救回他們。

就在我重新下定決心的時候，有人敲了門。

出現在門外的——是蕾維兒。

「一誠先生……」

她走進房間裡來，臉上寫滿了擔心。

「怎麼了，蕾維兒？妳不用多休息一下嗎？」

我帶著笑容面對她，但她的表情還是開朗不起來。

「沒關係，我已經沒事了。更重要的是……不好意思，讓你那麼擔心。出路諮詢的時候也沒能陪在你身邊……我是個在緊要關頭卻派不上用場的沒用經紀人，真是非常抱歉。」

「沒關係啦。只要蕾維兒平安就好了。」

「可、可是！……就連這種重要的時候我也幫不上任何忙……！『魔獸騷動』的時候也是，在吸血鬼國度的騷動也是，奧羅斯那個時候也是，上次也是……！身為經紀人，我卻沒辦法陪在一誠先生身邊……要不是我碰上那種麻煩，一誠先生的雙親也不會……！」

蕾維兒雙手掩面，聲音聽起來是那麼悲痛。大顆大顆的淚珠，從她的指縫間滑落。

……她是這樣想的啊。蕾維兒明明總是幫我那麼多忙，她卻這麼介意自己在重要的時刻沒辦法陪在我身邊。

我——靜靜走了過去，擁抱蕾維兒。

「妳這樣說就不對了，蕾維兒。真要說的話，是因為有蕾維兒在等著我，我才能放心戰鬥喔。所以，妳別哭了。」

「…………我會一直一直陪在一誠先生身邊。即使過了千年百年，還是更久更久——」

「謝謝妳。既然蕾維兒都這麼說了，那我可不能死。」

我緊緊擁抱著我可愛的經紀人，並且如此宣言：

「——我一定會活著，和大家一起回來。」

「……好。」

我心想，能夠安然像這樣擁抱蕾維兒，真的是太好了。

沒錯，我不能死。也不會讓大家死。

——我，還有我們，要救回老爸和老媽！

作戰會議結束的時間，已經是黑歌她們為我們帶來情報之後過了半天的時刻了。

「D×D」隊員們在兵藤家地下有著巨大轉移型魔法陣的房間集合。

成員有吉蒙里、西迪、「神聖使者（brave saint）」伊莉娜、葛莉賽達修女、杜利歐、刃狗（slash dog）幾瀨、黑歌以及勒菲。

這次的作戰計畫——是奇襲。對方目前應該還不知道我們找到阿格雷亞斯的所在地才對，所以幾乎可以肯定，這次行動對邪惡之樹而言會是意料之外的襲擊。對我們而言，也是首次主動進攻。

這次的結果，可以說是靠著瓦利的執念找出了阿格雷亞斯的所在地。那座浮游都市一直轉移到各地，不停移動，真虧他有辦法找到……不過仔細想想，那個傢伙幾乎沒有和我們會合，一股腦地尋找著李澤維姆的所在地。瓦利的執著，終於在此開花結果了。

不在現場的塞拉歐格和絲格維拉，是為了以防萬一而在冥界那邊待命。不過，若是時機成熟，計畫當中也包含了叫他們過來會合的部分。

我們的計畫是透過轉移型魔法陣，一口氣轉移到阿格雷亞斯的都市區。

阿撒塞勒老師望著我們說：

「黑歌已經告訴我阿格雷亞斯滯留地點的大略座標了——在阿傑卡的協助之下，我們可以直接跳躍到阿格雷亞斯。但這在轉移型魔法陣當中也屬於禁咒，一次能傳送的人數有限。不過，要不是使用這樣的禁咒，也無法突破張設在阿格雷亞斯的結界並進行轉移就是。」

我就覺得這個魔法陣的紋章和平常不一樣，原來是有別西卜陛下的魔力操作在運作啊。不過陛下不在現場，大概是在遠方遙控魔法陣吧。

而且還是禁咒的轉移術……也對，要是沒做到這種程度的話，就無法襲擊邪惡之樹的根據地了吧。

老師說：

「第一波——是誘敵部隊。」

蒼那前會長以及西迪眷屬站上前去。

「由我們西迪負責。我們會吸引敵人的注意力，為大家突破防線。」

「還有我也會去。」

首先是西迪眷屬和杜利歐、葛莉賽達修女（還有幾名「神聖使者(brave saint)」的轉生天使也將在當地會合）出現在都市區，開始大鬧一場。在吸引了敵人的注意之後——

老師看向我和莉雅絲：

「第二波是主力部隊。莉雅絲、一誠，由你們神祕學研究社成員負責。」

沒錯，之後就等我們主力部隊轉移過去，救回我的父母，並且盡可能削弱阿格雷亞斯以及邪惡之樹的力量。

莉雅絲點了點頭：

「好，我知道。兵藤爸爸和兵藤媽媽那麼照顧我們，當然是要由住在那個家的我們去救出他們。」

神祕學研究社的所有人都點頭回應。

「還有，鳶雄也和莉雅絲他們一起過去，接著立刻單獨行動，暗中協助——然後，我晚一點也會過去。過去之後——我會前往位於阿格雷亞斯深處的動力室。有辦法停住阿格雷亞斯的話，我就停住它。」

阿撒塞勒老師也是幹勁十足！沒錯，如果有辦法停住阿格雷亞斯，當然是這麼做最好！繼續讓他們濫用排名遊戲的聖地的話，對惡魔而言也很不是滋味。而且，我和塞拉歐格也曾經在那裡戰鬥過——

接著，老師問了勒菲：

「勒菲，瓦利那個傢伙呢？」

「和其他隊員一起在阿格雷亞斯附近待命。要是輕舉妄動的話，瓦利先生的祖父可能會和阿格雷亞斯一起消聲匿跡。」

瓦利和美猴他們在負責監視啊。

黑歌大笑了幾聲說：

「瓦利好像決定，既然要進攻的話，就連你們也一起利用，趁這次一口氣搞定的樣子喔。他好不容易才掌握到對方的蹤跡，應該不想再讓他逃掉了喵。」

他想趁這次搞定啊。也對，既然能夠發動奇襲，這次確實是個好機會。可以的話，我也想趁這次機會和那個傢伙做個了斷。

不過，老師似乎略有不解，摸著下巴說：

「瓦利的執念讓他找到了那個傢伙的所在地……這或許也是原因之一。不過，李澤維姆這次的行動實在是太過隨便了。對奧菲斯下手還有擄走一誠的父母確實都很有效。但是，即使那個傢伙天生愛煽風點火，這麼做未免也操之過急了。我怎麼想都只覺得他是慌了手腳。難道，就連讓我們這樣想也在他的計算之中嗎……？」

我猜不透老師在想什麼……

老師發現到大家都在盯著他看，便調整了一下心情，鄭重對我們說：

「無論如何，你們都得小心，那個傢伙絕非善類，這是唯一顯而易見的事情。不知道那裡會有什麼等著我們。大家要格外注意，在最糟糕的狀況之下至少也要救出一誠的雙親。」

『是！』

我們齊聲回答！

老師露出狂妄的笑容，如此表示：

「不過，這件事你們也記好了──那個傢伙毫不客氣地踏進了不得侵犯的領域，即使萬死也不足惜。絕對別饒過他。有機會打倒他的話，儘管動手。我允許你們。」

『是！』

那當然了！有辦法幹掉他的話，我就會動手！

——瓦利，你要來的話得快一點喔。我在揍那個傢伙的時候可不會客氣！

就在我加強了這樣的想法時，負責第一波攻勢的西迪隊已經開始準備轉移了——

阿格雷亞斯奇襲作戰即將開始！

○●○

我們神祕學研究社的成員轉移抵達的時候，已經到處都是爆炸聲以及巨響了！地鳴聲也大到不行！

我們轉移抵達的地點，位於都市的中央廣場西邊。這裡是個廣大的公園，叢生著茂盛的草木。舉頭一望，可以看見遠方有好幾處冒著煙。看來先行抵達的西迪眷屬以及杜利歐他們正在大鬧呢。

首先，在抵達的同時，刃狗(slash dog)幾瀨和他的黑狗——刃一起站上前來。

「不好意思，我這就要去做我的工作了——祝各位奮鬥有成。兵藤一誠，一定要救出你的雙親。」

「好！」

我如此回應。幾瀨確認我回答之後，便和刃一起無聲無息地神速離開了現場。幾瀨好像奉阿撒塞勒老師的指示，要單獨暗中進行支援工作。

「我們走吧！」

在莉雅絲的號令之下，我們神祕學研究社成員前往李澤維姆的可能所在地，浮游都市阿格雷亞斯的市政廳。位置在穿過公園的西北邊。在熟悉路程的莉雅絲帶領之下，我們開始衝刺。之所以不飛上天，是為了避免引人注意。

舉頭一望，可以看見無數量產型邪龍往誘敵部隊那邊飛去……不愧是邪惡之樹的根據地，數量超誇張的。

穿越了公園，以建築物作為掩護，低調地前進了十幾分鐘之後——

我們來到了一棟高樓大廈前面。這棟設計得相當有特色的高樓大廈，就是阿格雷亞斯的市政廳。我們躲在距離市政廳稍遠的建築物後面，觀察周遭的狀況。

市政廳附近有眾多邪龍等著迎戰，數量多到白痴才會去數。就連上空也有邪龍在飛。

「……好了，接下來該怎麼辦呢？」

莉雅絲思索著闖進市政廳裡面的方法。市政廳前面會有一堆敵人，還在我們的預料之內。不管是正面進攻還是奇襲，無論如何敵人都會守護大本營。這是理所當然。

我們還沒決定接下來該怎麼做，這時小貓就摀著鼻子說：

「……好臭。我們已經被發現了。」

小貓指著某個地方。一隻長著黑色鱗片，體型是細長蛇形的龍，從無數的邪龍之間現身了。那隻邪龍身上的氣焰濃密而強大，量產型根本比不上——

——是尼德霍格。

看見牠的身影的瞬間，我立刻激動了起來……奧菲斯……老爸老媽……都是被那個傢伙……

我差點因為憤怒而再次失去自我，但木場把手放到我的肩上，愛西亞也握住了我的手。

……我知道。你們想叫我冷靜對吧？好啦，我沒事的。

——謝謝你們。

我在心中向木場和愛西亞道謝，然後做了一次深呼吸，設法平復自己的心情。

不過，儘管我們沒有現身，那個傢伙依然毫不介意地對我們開口：

『呼嘿，呼嘿嘿嘿嘿嘿嘿！出來啊————那邊有人對吧————？』

……已經被牠抓到了啊。

我們大家互看了一眼，對彼此點頭。大家各自拿好武器，我也迅速穿上鎧甲。

做好隨時能夠戰鬥的準備之後，我們在市政廳前面現身。

在對於尼德霍格醜惡的臉孔感到煩躁的同時，我也理解到剛才小貓為什麼會說「好臭」

了……因為，尼德霍格身上散發著異臭。大家都是一臉嫌惡的樣子。

德萊格以大家都聽得到的聲音說：

『——是尼德霍格啊。』

聽見德萊格的聲音，醜惡的邪龍臉上令人厭惡的笑意更深了。

『你是德萊格吧？呼嘿嘿嘿，這麼久沒見到你，竟然變得那麼小了。』

我向前站出一步，詢問尼德霍格：

「……就是你把奧菲斯打成那樣的嗎？」

聽我這麼問，邪龍發出令人不悅的笑聲：

『呼嘿、呼嘿嘿嘿嘿嘿嘿嘿！沒錯，因為路西法的兒子告訴我，有一顆很好吃的龍蛋，然後他帶我過去之後，發現變小的奧菲斯也在那裡。我叫她把龍蛋給我，結果她說不可以。可是，我還是覺得那顆龍蛋看起來很好吃，所以就來硬的。因為路西法的兒子把你的爹娘交給我保管，我就把他們往前面一遞，結果奧菲斯就變安靜了。真是太奇怪了，為什麼呀？』

……這樣啊，就像影片裡看到的一樣啊……

牠繼續說著不堪入耳的話語。

『然後啊，我啊，就把奧菲斯揍、揍、揍扁了！然後，然後啊，我本來以為奧菲斯會教訓我一頓，結果她什麼也沒做，害我得意忘形了起來，繼續一直、一直揍奧菲斯。』

……尼德霍格喜形於色地訴說著牠對奧菲斯施以暴行時的狀況。

我……差點因為怒意而失去理智，但還是強忍下來，輕聲詠唱起鮮紅色鎧甲的咒文。

尼德霍格完全不知道我的狀況，繼續開心地、愉悅地，一面口沫橫飛地噴著散發出異臭的唾液，一面繼續說：

『誰教那個無限龍神(Uroboros Dragon)完全不反抗，害我越打越開心啊——！一直揍一直揍、一直踢一直踢，還對她又咬又踩——！』

我的拳頭不住顫抖……

——啊啊……啊啊，我真想……消滅這個傢伙。

莉雅絲和木場……也已經不打算阻止我了。

我跨出一步，又一步向邪龍走去。心中帶著堅定的決心——

尼德霍格沒有理會我，繼續發出充滿愉悅的話語：

『呼嘿嘿嘿嘿，那樣揍她真是有夠爽啦——真是超開心耶——！可、可是啊，沒吃到那顆龍蛋害我還是很餓。既然你們都跑過來了，乾脆就讓我吃掉算了。吃掉變得這麼小的德萊格的肉應該也不錯吧？啊，不對，我想到了。吃你的爹娘應該更好吧？』

…………

………………

……啊啊，太好了。這個傢伙——是完全不需要對牠講情面的邪魔歪道。

我擠出這麼一句話：

「……這樣啊，我只需要知道這些就夠了。」

然後，我輕聲詠唱出鮮紅色鎧甲的最後一句咒文。

「——將汝導向鮮紅色的光明天道。」

『Cardinal Crimson Full Drive!!!!』

穿上鮮紅色鎧甲的我，在拳頭上匯聚了強絕而極大的氣焰。

「想吃的話，我就讓你吃到飽。」

『Boost Boost Boost Boost Boost Boost Boost Boost Boost Boost Boost Boost Boost!!』

倍增的語音大響，經過增強的龍之氣焰聚集到右拳上！

『Solid Impact Booster!!!!』

「——不過你要吃的是我這一拳！」

我將脹大成剛體衝擊拳版的右臂豪邁地打了出去！尼德霍格在前方展開了防禦魔法陣，

但是——

我的拳頭乘著勁道，蘊含了大量的憤怒情感，輕而易舉地打壞了牠的防禦魔法陣，順勢一舉打在牠的鼻子上！

衝擊化為強烈的巨響，我的拳頭把尼德霍格巨大的身體打得往後飛了過去！那隻邪龍猛烈地粉碎了市政廳的一樓入口，撞進建築物裡面去。

以此為契機，夥伴們也和量產型邪龍開始戰鬥。在市政廳的入口前，亂戰宣告開始。

「雷光之龍啊！」

『我要打垮你們！』

朱乃學姊在空中製造出好幾條雷光龍，一口氣燒燬了大群的量產型邪龍，加斯帕也化為野獸，朝四周釋出無數的黑暗怪物。

「我來消滅牠們。」

「好，現在正是緊要關頭！」

小貓的火車、羅絲薇瑟的魔法攻擊也在這一帶錯縱飛舞！

與眾多邪龍戰鬥至今的夥伴們的攻擊猛烈至極，十分可靠！

隔了一拍，尼德霍格從瓦礫當中飛了出來，同時放聲慘叫。

『好、好痛————！好痛————啊——啊啊啊啊啊啊啊啊啊啊啊————！』

那個傢伙的臉孔被我的拳頭打得不成原形，明顯可以看出骨頭都碎了。

尼德霍格走出市政廳，一臉憤怒地瞪著我。

『你、你幹什麼，你、你這個矮冬瓜臭惡魔————！我要殺了你！我要啃到你沒命————！』

……好啊，有本事……

「你就試試看啊————！」

我高速飛了出去，以那個傢伙無法掌握的速度發動攻擊！

先往側腹上一擊！後腳上一拳！背上也是一腳！接著再次攻擊臉部，踢了一腳！

『呼嘿！呼咳！』

面對我的高速肉搏戰，那個傢伙無計可施，只能醜態百出地吐著血。

……你可是痛毆了我最重要的朋友，奧菲斯。我怎麼可能就這樣放過你呢……？

而且你為了痛毆奧菲斯，還以我的雙親當人質……我怎麼可能白白放過你？

我以剛體衝擊拳版的粗壯手臂抓住了尼德霍格的喉嚨。

「一直揍一直揍，一直踢一直踢……是吧？」

尼德霍格晃了晃牠巨大的身體將這麼問的我甩掉。牠往後方一跳，然後拉近了間距，舉起前腳對準我踩下。

『看我踩扁你————！』

牠似乎是想踩扁我……不過哪有那麼容易！

我從牠的腳底下鑽了出去，以剛體衝擊拳在他的臉上打了第三拳！

「竟敢欺負我們家的龍神大人！」

隨著拳擊發出的轟然巨響，我強大的攻擊讓那個傢伙再次飛進市政廳裡面。

忽然，莉雅絲向前站出一步。

她站到我的身邊，然後這麼說：

「——一誠，這個機會正好，就用那招來解決牠吧。我也想好好痛扁那隻邪龍，否則難消心頭之恨。」

「……要用那招嗎，我知道了！」

我這樣回應了莉雅絲，從鎧甲的各個寶玉呼喚出飛龍。我對從寶玉中飛出的許多飛龍發出意念。呼應了我的思考，飛龍便發出鮮紅色的光芒，開始在莉雅絲身邊盤旋！

我和莉雅絲逐漸將呼吸與氣焰調整至同步……在兵藤家的地下游泳池以及訓練用的那個空間，我和莉雅絲練習過無數次的合體技——

我和莉雅絲的鮮紅色氣焰化為一體時，飛龍將引發奇蹟！

一隻飛龍貼附到莉雅絲的右手上！——同時，那隻飛龍分解成許多零件，變形成別的東西！那是——手甲！飛龍（wyvern）一隻又一隻地接連貼附到莉雅絲身上，逐漸變形為裝甲！

當所有飛龍（wyvern）都貼附到莉雅絲身上之後，出現在那裡的——是身穿鮮紅色鎧甲的「紅髮滅殺姬（ruin princess）」。

沒錯，這就是我和莉雅絲的合體技！讓飛龍（wyvern）貼附在莉雅絲身上，製作出女性版的——也可說是莉雅絲專用版的赤龍帝的鎧甲（boosted gear scale mail）。

身穿鎧甲的我和莉雅絲稍微擺了一下架勢，然後如此大喊：

「「——『深紅滅殺龍姬（Crimson Extinct Dragonar）』！」」

這就是我們的合體技的名稱！

「莉雅絲，我們上！」

「沒問題！當然好！」

我們彼此示意，然後高速往前方飛了出去！兩道鮮紅色的閃光，攻向剛從市政廳飛出來的尼德霍格！

我和莉雅絲以肉搏戰與毀滅魔力展開搭檔攻勢，不斷以無數攻擊招呼在尼德霍格身上！

穿上這身鎧甲的莉雅絲的魔力也附加了赤龍帝之力，得到了比平常還要強的能力。

結果如現狀所示，一旦和我的搭檔攻擊施展成功，就連傳奇邪龍也抵擋不住。

『……嘎！啊嘎嘎嘎嘎嘎！好、好痛啊————！』

尼德霍格因為我們的搭檔攻勢而放聲慘叫時，我揮出了收尾的上鉤拳！

尼德霍格被打得飛上了天！我們的合體技在首次實戰就展現出成果了！

這招合體技還能夠讓莉雅絲使用赤龍帝的倍增、轉讓、穿透等能力，雖然次數有限。

也就是說，我和莉雅絲能夠依照各自的判斷，因應戰況使用赤龍帝的能力！不、不過，在使用這招的期間，我不能使用飛龍（wyvern），莉雅絲那邊也有時間限制就是了……

中了上鉤拳之後，尼德霍格重重摔在地上，但是在全身散發出微弱的光芒之後，牠又若無其事地站了起來！

『呼嘿嘿嘿嘿嘿嘿嘿嘿——！復活啦——！』

那隻邪龍再次露出令人厭惡的笑！牠剛才為止所受到的創傷，以及身體上的傷口，都完全消失了！

……那微弱的光芒，以及邪龍的這種變化……我知道了！

「不死鳥的眼淚嗎！」

沒錯，那是不死鳥的眼淚！

那個傢伙也得意洋洋地秀出手中的好幾個小瓶——也就是不死鳥的眼淚。

『真是太方便了，剛才的那些傷也立刻就治好啦——！我饒不了你——絕對饒不了你——！』

隨著怒意，尼德霍格渾身上下開始發出烏黑的瘴氣。

……對喔，他們有土製不死鳥眼淚。牠拿出來用了是吧。

我和莉雅絲再次擺出架勢，與尼德霍格對峙。

「——瘴氣，感覺光是接觸到就會造成身體異常。」

「即使如此，也只能打到牠用盡眼淚為止！跟牠耗到最後就對了！」

沒錯。只要我和莉雅絲打到牠耗盡眼淚就可以了！現在的我和莉雅絲應該辦得到才對！

就在我正準備衝出去的時候——

一名男子介入了我們和尼德霍格之間。

「——很有龍族風範的一句話。聽得我都鬥志高昂了起來。」

身穿黑色大衣的男子——是克隆．庫瓦赫！

這個傢伙為什麼會出現在這裡？我心生疑問，然而那個傢伙已經毫不介意地逼近了尼德霍格。

「尼德霍格……你真是太幼稚了。」

看著散發出瘴氣的尼德霍格，克隆．庫瓦赫如此感嘆。

「……克隆．庫瓦赫，你為何來到這裡？」

那個傢伙沒有回答莉雅絲這個問題。

尼德霍格看著克隆・庫瓦赫說：

『呼嘿嘿嘿嘿嘿！這不是克隆老大嗎！剛才遇見你的時候害我忍不住嚇了一跳，不過啊，你要不要啊，和我一起吃了這些傢伙啊——』

「咚叩」地，一個令人爽快的巨響。仔細一看，克隆・庫瓦赫的右臂化為巨大的龍臂，而且他似乎用那隻手往尼德霍格臉上打了一拳！

尼德霍格似乎也沒料到會這樣，一臉傻愣。

『好、好痛啊——！痛——死我啦！你、你幹嘛揍我啊——？』

面對口噴鮮血如此哭號的尼德霍格，克隆・庫瓦赫喀吱作響地活動了一下脖子的關節。

「……誰教你，還有你們這些傢伙，老是愛耍那些小手段。」

即使尼德霍格的瘴氣迎面而來，他也毫不介意，以魄力十足的態度正面放話：

「我原本打算透過奧菲斯觀察龍族的。而你妨礙了我——那我也只能把你燒成炭了。」

克隆・庫瓦赫仰望上空——不，是仰望市政廳的最上層，對著那個傢伙說：

「李澤維姆・李華恩・路西法，你在看這邊吧？看來，你似乎因為馴服了許多邪龍而誤會了什麼。」

與尼德霍格對峙的克隆・庫瓦赫甩了一下大衣，同時斬釘截鐵地說：

「——真正的龍，從出生的那一瞬起到死去的那一刻為止，都會忠於自己、順從自己，恣意而活！這才是龍族！」

忽然，克隆．庫瓦赫看向我，指著市政廳的最高層說：

「——去吧。」

——！

我因為克隆．庫瓦赫的行動而驚訝不已。難不成這個傢伙……要接下對付尼德霍格的任務嗎？

「……可以嗎？」

我如此確認。

「…………」

而他如同往常以不語回應。

「……剛才真是抱歉。」

我低頭道歉，但他也只是搖了搖頭。

「——不需要。身為天龍，你不應該對身為邪龍的我低頭道歉。」

我不知道該說什麼才好。莉雅絲點了一下頭，然後對我——還有愛西亞說：

「一誠、愛西亞！這裡交給我們，你們先走！應該拯救兵藤爸爸和兵藤媽媽的，是他們稱作『兒子』、『女兒』的你們才對！」

──！莉雅絲……！妳的意思是要我和愛西亞……去救我們的雙親吧。

……沒錯，就是這樣。最適合扮演這個角色的──或許就是我和愛西亞了吧。

我看向愛西亞這麼問：

「──明知有危險妳也要去嗎？」

愛西亞用力點頭，眼神堅定。

「──是的。」

……好！既然如此就不用多說什麼了！我展開一對龍翼，迅速抱起愛西亞進入飛行姿勢。我要一口氣飛到最上層去！

不過，上方有大量的量產型邪龍在盤旋，將天空掩蓋成漆黑一片。我只能突破那群邪龍，朝最上層前進。

剛才克隆．庫瓦赫盯著市政廳的最上層，而我也感覺到一股漆黑的氣焰──李澤維姆的氣焰從那裡汨汨流出。一旦親身感覺過那傢伙的氣焰，就不會忘記這種陰濕而邪惡的波動。

我攔腰抱起愛西亞，正準備起飛時，大群量產型邪龍已經攻了過來！但是，那些傢伙未能抵達我和愛西亞身邊。

──因為一把帶有濃密而靜謐氣焰的聖魔劍，貫穿了牠們。

瞬間發出三次的刺擊──由於神速至極，憑肉眼所見簡直會以為是同時往三個方向發出的攻擊。

——三段刺擊。木場解禁的招式。

這是前新撰組第一隊組長沖田總司最擅長的招式。木場原本禁止自己模仿師傅的劍招，但或許是因為心境有所變化了吧，此時他出了這招。

木場原本就是擅長高速戰鬥的技巧型。三段刺擊就算說是他最為拿手的一種招式也不為過吧。三發強烈的刺擊完美地葬送了成群的邪龍，在牠們身上挖出一個大洞。

木場舉著聖魔劍說：

「一誠同學，快去！潔諾薇亞、伊莉娜同學也跟他們一起過去吧！」

順應木場的指示，潔諾薇亞與伊莉娜一面以手中的聖劍砍倒邪龍，一面來到我們身邊。

「包在我身上！保護愛西亞是我的強項！」

「我們可是號稱教會三人組呢！我會和潔諾薇亞一起把愛西亞同學帶到上面去的！」

潔諾薇亞與伊莉娜抓住我的肩膀，但就在接下來只等我起飛前一刻，尼德霍格對著我展開了攻擊型的魔法陣！

『別、別想走————！』

牠想對我們施展攻擊魔法嗎？——正當我如此警戒時，克隆．庫瓦赫擋到我們身前，解放出強烈的氣焰。

「你的對手是我——還真是好久沒展現了啊，就讓你瞧瞧吧！」

克隆．庫瓦赫全身上下散發出前所未見的壓力與氣焰，使這附近開始劇烈震動！在這裡戰鬥的神祕學研究社成員，甚至量產型邪龍，也因為這個變化而同時看向克隆．庫瓦赫！

在所有人的視線都集中於一點時，克隆．庫瓦赫的身體開始起了變化！他的手、腳、背、腹部，最後是頭部，都變回了原本應有的龍族風貌！

全身上下發出黑色與金色的氣焰，展開一對龍翼，呈現出雄壯姿態的巨大生物——邪龍中的邪龍解放了原本的模樣，從嘴裡呼出一口帶有火花的氣息。

『——我這受讚頌為邪龍最凶惡的力量。』

出現在那裡的——是一隻外型堪稱王道強龍的漆黑龍族。展開雙翼，威風凜凜的模樣，完美到令人看得出神。

看見克隆．庫瓦赫的真正模樣的瞬間——尼德霍格巨大的身軀開始劇烈抖動。嘴巴也因為恐懼而不住打顫。

『咿、咿————————————！』

尼德霍格放聲慘叫。

繚繞在克隆．庫瓦赫全身上下的氣焰，貨真價實，是絕對的強悍！

老實說……我也強烈感受到一股壯烈的力量，令我打從心底感到害怕。要是正面與之一戰——不，憑現在的我，可能就連想正面讓牠和我交手都辦不到，我感覺到的壓力就是如此沉重……！

克隆．庫瓦赫指著尼德霍格顫抖的手。那隻手裡面，握了好幾個裝著不死鳥的眼淚的小瓶子。

克隆．庫瓦赫憑著身為龍族的泱泱大度如此宣言！

『你手上有多少那種叫做不死鳥的眼淚的東西？十個？二十個？現在你面對的，是我克隆．庫瓦赫。你有多少就儘管用吧——不過，我會不斷殺掉你超過百次！你就盡力維繫自己的意識吧，別被我燒光了！』

尼德霍格只能不停顫抖。我想，尼德霍格應該不是什麼膽小鬼。據說牠的執念深沉，無論被殺了幾次都會復活。只是，眼前的邪龍根本是不同層次的對手，就連那個傢伙也知道自己沒有勝算了吧。

『嘎、嘎啊啊啊啊啊啊啊啊啊啊啊啊啊啊啊啊啊啊！』

涕泗縱橫，模樣窩囊到不行的尼德霍格勇敢地攻向克隆．庫瓦赫——但邪龍之中最凶惡的牠絲毫不以為意，正面打出豪邁的一拳，將巨大的尼德霍格揍飛到遙遠的後方！被打飛的尼德霍格接連撞毀了好幾棟建築物。

……好驚人的拳頭。有塞拉歐格的程度；不，更在那之上吧！

我整理了一下心情，轉念準備飛向上空。留在這裡觀看克隆．庫瓦赫對尼德霍格之戰或許也不錯，但是最優先的事情當然是救出我的雙親！

就在我拍動雙翼的時候——

愛西亞在我懷裡——對著克隆．庫瓦赫低頭道謝。

「那、那個，謝謝你！」

結果，巨大的邪龍說話了。

『——香蕉。』

「咦？」

愛西亞如此反問，而克隆．庫瓦赫——竟然揚起嘴角，露出了笑意。

『香蕉，真是個好東西。』

似乎是因為這句話而百感交集，愛西亞濕了眼角。

「是啊！」

在飛向上空之際，我——看著克隆．庫瓦赫英勇的背影，感覺著其強大，差點深受吸引。不，哪怕只有一瞬間，我也確實深受吸引。

……上次有這種感覺，是對坦尼大叔還有逆鱗狀態的法夫納了吧。

…………可惡、可惡！

我在心中，為了自己在兵藤家對克隆．庫瓦赫咄咄相逼而打從心底感到後悔不已。儘管是因為父母和奧菲斯遭蒙危險，我還是……我還是……！

『那個傢伙也是長久以來一直看著人類世界的龍。』

德萊格對深深反省的我說：

『——搭檔，千萬別忘記克隆．庫瓦赫剛才的模樣。那是一心追求力量以及龍族氣概的邪龍的終極姿態——總之，牠欠了人情一定會還啦。』

沒錯……沒錯！我必須效法的龍還很多呢——

所以，總有一天，我一定要成為最棒又最強的龍——赤龍帝！

到時候……克隆．庫瓦赫，我想超越你——

—○●○—

等著飛上空中的我們的，是無數的量產型邪龍。

「喝啊啊啊啊啊啊啊啊啊！」

「呀啊啊啊啊啊啊啊啊啊！」

抓著我的身體的潔諾薇亞和伊莉娜發出神聖波動，將飛向我們的大群邪龍一一擊落，但是——

「簡直沒完沒了啊！」

「真是的，他們到底製造了幾隻啊！」

看著毫不間斷的邪龍群，潔諾薇亞和伊莉娜也只能望洋興嘆。就在兩人開口抱怨的時候，攻向我們的邪龍大軍更是勢力大增！

飛到約莫剛超過市政廳高度的一半時，潔諾薇亞和伊莉娜各自展開惡魔的翅膀以及天使的羽翼，放開我的身體，自行打起空中戰來了！

兩人一面拿劍砍過去，一面說：

「再往上只會有更多邪龍！」

「這裡交給我們，你們從那裡的窗戶闖進去，從內部一口氣往上衝，這樣可能還比較快！」

說著，伊莉娜以奧特克雷爾發出神聖波動，破壞了部分的玻璃帷幕！大概是叫我們從那裡進去內部吧。

我對兩人說了「剩下的拜託妳們了！」之後，便和懷裡的愛西亞一起闖進建築物裡面。裡面確實沒看到幾隻邪龍。只有小型的邪龍三三兩兩守在通道上。

我請愛西亞緊緊抱住我，然後一口氣高速飛在建築物內！我就連邪龍也不予理會，只是專注在前進上。

就在這個時候，麥克風的廣播聲在建築物裡面大響。

『冥界的各位，大家好。我是迪豪瑟・彼列。冥界方面似乎認為我是下落不明，不過正如各位所見，我平安無事。』

——！知道是誰的聲音，讓我嚇了一跳！是冠軍的聲音！他在上面嗎？

感到疑惑的我，不經意在建築物內部的某個房間前面停止飛行。我看進房間，發現裡面擺了好幾台螢幕，全都播映出皇帝（emperor）彼列的模樣。

……這是實況轉播？而且，剛才他說了「冥界的各位」。

……難不成，他是攔截了電視訊號，在冥界播放現在的影像嗎……？

螢幕中的冠軍一臉認真地說了下去：

『好了，接下來我有一件事情必須告訴各位。那就是——排名遊戲的黑暗面。』

——！

……果然，冠軍想把一切揭露出來。揭露排名遊戲不為人知的一面——

心想總不能停下來看轉播，我再次朝最上層飛了出去。在前進的途中，冠軍的聲音依然在建築物裡面大響。

『我這個世代，被稱為豐收的一代，出現了許多有實力的新生代惡魔，在排名遊戲的前線上打出一場場精彩的比賽。我和目前第二名的羅伊根・貝爾芬格、第三名的比迪斯・亞巴頓，都互相切磋琢磨，充實彼此的力量以及遊戲內容。』

找到了樓梯之後，我順著樓梯一口氣不斷往上飛。

『不過，某個消息來源，將一個令人不安的情報告訴了我。據說，羅伊根、比迪斯，還有其他名列前茅的選手，在年幼的時候，都是一些沒什麼才能的惡魔——一開始我還嗤之以鼻，說那只是無聊的小道消息，認為不過是有心人士嫉妒那些才能開花結果的選手，捏造了這樣的情報。』

冠軍壓低了語調。

『……然而，某一天。我的堂妹克蕾莉亞表示，她為我帶來了一項有趣的情報。』

——你聽說過「國王(king)」的棋子嗎？

冠軍表示，克蕾莉亞・彼列這麼問他。克蕾莉亞是在莉雅絲之前，支配那塊地盤的人。在三大勢力處於敵對關係的時代，她和人類男子墜入了情網，因而遭到冥界的高層肅清，是個悲劇中的女主角——

『我回答她「聽說過，但就是個都市傳說」。然而，她接著這麼說：「我現在管轄的地區在日本，附近正好是魔王阿傑卡・別西卜陛下的祕密基地。」——阿傑卡陛下基於興趣在日本的某處「經營遊戲」，這件事在部分人士之間相當有名。』

冠軍對克蕾莉亞這麼說：

『「不可以妨礙魔王。無論發生任何事情，都不可以隨便靠近那裡喔。」——』

但是，克蕾莉亞對於頂尖選手的小道消息一直都比冠軍更感興趣，還獨自搜集他們幼年時代的情報。無論怎麼追查，情報都會突然斷頭，讓克蕾莉亞認定這個八卦背後想必有什麼更大的陰謀。

冠軍的聲音充滿了哀戚。

『……我想，她是想澄清關於我的小道消息吧。因為我長久以來一直占據著冠軍寶座，冥界的記者也喜歡對此大作文章，而類似的報導最讓她感到不悅。她對我相當熟悉，也知道我的實力貨真價實……對我而言，她是重要的家人之一……我把她當成親妹妹一樣看待。』

冠軍清楚表示。

『到頭來，克蕾莉亞被除掉了——而除掉她的，是冥界政府。不過，那並非現任四大魔王陛下的旨意，而是諸位舊時代惡魔的意思。他們沒讓我知道這件事，讓我無法得知真相。我知道的，只有堂妹克蕾莉亞死了……一直以來都想著總有一天要查清疑雲的我，藉助某個管道，得知了這件事情的真相。』

……她被除掉的理由，並不是因為和人類男子談戀愛嗎……？

而且，這就是冠軍迪豪瑟·彼列協助邪惡之樹的理由……？他口中的某個管道，想必就是李澤維姆率領的邪惡之樹吧。他八成是從那些傢伙那邊得到了情報。

皇帝彼列繼續說了下去。

『先從結論說起——「國王」棋子確實存在。而且，目前公開在你們眼前的情報以及幾張大頭照……這幾位排名遊戲選手都是用了「國王」棋子，才能得到現在的力量。』

目前在冥界播放的影像當中，恐怕包含了我們在阿傑卡．別西卜陛下那邊看到的情報。冠軍協助李澤維姆而換得的情報，就是克蕾莉亞之死的真相，以及排名遊戲的黑暗面。

……目前流出的情報非常不得了啊！冥界肯定會陷入一片混亂……！

後來，冠軍依然繼續揭露情報。他所揭露的，是冥界居民不應該知道的，排名遊戲的黑暗面之全貌——

我們在別西卜陛下那裡聽到的消息，幾乎完完全全被冠軍轉播出去了。而我只能默默往樓上飛去。

這是——冠軍對殺害克蕾莉亞的舊時代惡魔們的復仇方式吧……！

當我抵達最上層的瞭望台時，冠軍的獨家轉播似乎已經宣告結束了。前方的大型顯示器已經變成了雪花畫面。瞭望台相當寬敞，作為戰鬥的空間似乎十分足夠……

我踏進瞭望台時，皇帝彼列頭也不回地這麼問我。看來他早就發現我了。

「……好了，赤龍帝小弟。你認為我應該怎麼辦呢？光是為了得到這個情報、這個真相，並且告訴社會大眾，我已經犯下太多罪了。阿格雷亞斯也是，與萊薩．菲尼克斯的對戰也是……」

我原地放下愛西亞，並且讓她後退一步，然後走向冠軍。

……關於冥界方面，我只能信任幾位魔王陛下了。正如別西卜陛下所說，我只需要做好我的工作。而目前，我的使命是──

正當我想追問我的雙親的事情時……

「──那種事情無所謂啦。」

一道令人不悅的熟悉嗓音傳入我的耳中。

我看了過去，發現銀髮的邪魔歪道從攝影器材後面走了出來。

「就由本大爺──不，就讓身為路西法之子的我，來赦免你的罪吧，彼列爵士。」

「……李澤維姆大人。」

李澤維姆拍了拍冠軍的肩膀，然後看向我。

「上次見面是在天界的時候了吧，赤龍帝。還有──黃金龍君（Gigantis Dragon）的公主。」

我稍微壓抑了滿肚子的怒氣，並且說：

「……嗨，路西法的兒子。我很想見你呢。好了，乖乖把我的父母還來吧……還有，你為什麼要對奧菲斯下手？」

聽我這麼問，李澤維姆聳了聳肩。

「只是因為突然急需奧菲斯的協助罷了。為了提升奧菲斯——應該說是莉莉絲的力量……讓尼德霍格藉助阿日．達哈卡的魔法前往你們居住的城鎮的地下還不成問題，但最後依舊因為有人阻撓而功敗垂成。至於你的父母只是在行動的時候利用了一下——想說抓朋友的父母當人質的話，那位龍神應該也會露出破綻吧。」

這個傢伙的主意簡直爛透了……！我內心不斷湧現怒氣！

李澤維姆露出狂妄的笑容……但總覺得他好像多了幾道黑眼圈，是我多心了嗎？

「是時候了——不，在那之前，還有另外一位重要的來賓呢。」

——！我立刻理解了李澤維姆這句台詞。因為，隔著瞭望台的玻璃帷幕，我感覺到一股熟悉的強烈氣焰。一道閃光從遠方的天空高速直逼而來！撞破玻璃帷幕大膽到來的，是身穿純白鎧甲的瓦利！

一抵達這裡，瓦利便與李澤維姆對峙，並且說：

「…………你無處可逃了，李澤維姆。」

李澤維姆也揚起嘴角說：

「最後一位登台的是我可愛的孫子。如此一來，今晚的主要演員都到齊了。」

……李澤維姆那個傢伙在裝模作樣什麼啊！就算遣詞用字再怎麼文雅，肚子裡面還是滿滿的壞水對吧？這種事情就連我也看得出來。

我走向瓦利，這麼問道：

「其他人呢？」

「大概和你那邊的成員一起在外面大鬧吧。」

原來如此，那他們大概在底下會合了吧。

瓦利大概是針對李澤維姆而來。但是，我也有我的理由。

「你是不想讓其他隊員插手對吧。不過，我可是會繼續待在這裡喔……從某種角度來說，我也是當事人。」

「……也罷。這也是我們的孽緣。動手的時候別妨礙到彼此就是了。」

我和瓦利交換了一下意見，彼此達成共識之後，我們二天龍便對李澤維姆擺出了架勢。

李澤維姆先是露出不懷好意的笑，然後這麼說：

「那麼，我來介紹一下這齣戲劇的觀眾吧。」

李澤維姆彈了一個響指。接著，一個轉移型魔法陣在瞭望台的一角開始展開。在轉移之光平息之後，出現在那裡的——是我的老爸和老媽。

「——歡迎兵藤夫婦。」

李澤維姆如此介紹，但首當其衝的他們兩位依然搞不清楚狀況，看起來相當迷惑。

我解除了鎧甲的頭盔，露出自己的臉孔，如此大喊：

「……老爸！老媽！」

或許是因為聽見我的聲音而回過神來了吧，父母朝我看來。

「……你、你是一誠嗎……？怎麼打扮得那麼奇怪？而且連愛西亞也來了。」

「……從剛才開始，這個銀髮的人就一直說些很奇怪的事情……媽媽現在腦袋一團混亂。到底是怎麼回事……？」

…………

……聽老媽這麼說，我就立刻明白，他們知道我現在的狀況了。

也就是說，他們知道我是惡魔了——

我壓低了聲音，對李澤維姆問道：

「……李澤維姆，你這個傢伙透露了多少事情？」

見我露出如他所料的表情，那個傢伙愉快地笑了。

「也沒多少，只是稍微提了一下罷了。接下來才要正式開始呢。我打算透過實際演練，向他們夫妻揭露你的真面目。」

…………！

……他要讓老爸老媽看我們的戰鬥嗎……！我感覺到自己的心臟開始狂跳，手腳也不住顫抖。

——我不得不讓雙親看見我以非人的模樣戰鬥嗎！

可是，以現在的狀況來說，我必須戰鬥、必須戰勝，才能夠救出他們！無論如何都只能一戰！搞什麼……這樣我就再也無法狡辯了！

我的心臟依然跳個不停，這時瓦利對我說：

「李澤維姆交給我，你負責對付冠軍吧。」

我深呼吸了一下，然後回答：

「……竟然在這個階段就得對付將來打算要挑戰的對手啊……人生真是不知道會發生什麼事情呢。」

「……反正他們兩個都是怪物。即使交換對手依然會是苦戰一場。想救你的父母的話，就得抱著必死的決心。」

「……我都已經死過兩次了。既然如此，死個第三次也沒差吧。」

我語帶諷刺地這麼說……不過，如果死這第三次是為了雙親，倒也不算太壞啦。雖然我一點也不打算死就是了！

我和瓦利以眼神彼此示意，然後分別與各自的對手對峙。我和冠軍、瓦利和李澤維姆。對方也呼應了我們的動作，並肩站好。四人彼此瞪視。

現場陷入短暫的寂靜。然後——

戰鬥無聲無息地開始了！先動手的是瓦利。他直線衝向前方的李澤維姆，用力揮出帶有莫大氣焰的拳頭！就在拳頭即將命中之際，李澤維姆將瓦利以神器(sacred gear)提升過的氣焰化為烏有！

瓦利咒罵：

「…………嘖，只要和神器(sacred gear)有關，直接攻擊也不行嗎？」

在這麼說完之後，瓦利依然勇於挑戰李澤維姆！他以拳打腳踢交織為高速連擊！然而令人害怕的是，李澤維姆單憑本身的體能就完全閃過了！抓住一個破綻，瓦利再次進攻！而李澤維姆從背上伸出路西法的翅膀，以帶有魔力的拳頭朝瓦利的腹部打了一拳！

在中招的瞬間，瓦利的鎧甲因為神器無效化(sacred gear canceller)的功效而潰散，在肉身的狀態下以腹部接了那一拳！

「……呃！」

深深中了一記好拳的瓦利，一聲慘叫只能卡在喉嚨！儘管嘴角滲出鮮血，瓦利依然重新站好，再次穿上鎧甲，擺出架勢！

就和在天界與李澤維姆對戰時的我一樣。即使正面發動攻勢，對方也只要輕輕一碰就能解除我的鎧甲，並且趁機狠狠打擊我！如果用我的穿透能力，應該還能夠設法傷到那個傢伙……但既然瓦利都說他要對付那個傢伙了，我現在的對手就只有眼前的冠軍！

我這邊的戰鬥也已經開始。我們先是拉近距離，經過一陣輕度的互毆之後又暫時拉開間距，接著重複了幾次這樣的攻防。

毫無破綻。完全找不到可乘之機。光是稍微交手一下，就知道對方只需要四兩撥千金就能輕鬆化解我的攻擊。實力的差距太大了！

我問冠軍：

「……你的眷屬都不在呢。」

沒錯，在這裡的只有冠軍一個人。來到這裡的路上，我沒有遇見冠軍的任何一位眷屬。換句話說，這表示他沒有讓眷屬陪他一起進行這次行動。

正如我的猜想，冠軍說：

「沒錯。我請他們離開了。沒必要讓他們陪我做這種事情。」

……意思就是他要自己一個人承擔所有罪狀嗎！該說他是正直還是怎樣，確實是很有冠軍風範啦。

『Boost Boost Boost Boost Boost Boost Boost Boost Boost Boost Boost!!』

我將經過倍增而增強的力量灌注在拳頭上，準備一口氣打出去！

然而，我奮力打出的拳頭被冠軍輕身閃過，完全揮空。我重新調整姿勢，再次出拳時，冠軍正面觸碰了我的拳頭！

瞬間，我灌注在拳頭上的倍增氣焰一口氣消失了！

——！

……我的力量消失了？是無效化嗎？不，這和李澤維姆的能力不太一樣！要是被那個傢伙碰到的話，應該會連鎧甲一起消失才對！剛才我感覺到的是只有附加在我的拳頭上的倍增特性遭到消除！

看見這個結果，冠軍說：

「——『無價值』，這是我的……彼列的特性。我想你應該已經聽說了吧……」

……原來如此，這就是「無價值」啊。消除特性的能力——他用這招消除了我的倍增是吧。

即使如此，我也不能停止攻擊！我的攻勢變得更加凌厲。在拳擊與踢腿的連擊當中，還夾雜了魔力彈，但冠軍僅僅以最小的動作就化解掉我的所有攻擊，就連魔力彈也被他硬是捏爆了！

我在發動攻擊時還摻雜了「倍增」與「穿透」的能力，然而倍增過的攻擊在被閃過的同時遭到消除，即使想靠穿透來讓攻擊發揮作用也無法完全命中，反而還會被冠軍以從死角發動反擊的方式避開！

……附加了「穿透」的攻擊，只要正面命中應該可以照樣發揮作用才對！——但是，攻擊就是打不到！全都被躲開了！冠軍閃躲的姿態，就像是優雅地跳著舞似的。

面對這樣的結果，我在鎧甲裡面不斷流著冷汗。

——對手遠遠在我之上。

對方完全沒有拿出真本事來！這就是魔王級的實力派！不敗的冠軍！排名遊戲第一名！如果能夠以真紅爆擊砲、神滅碎擊砲完全命中他的話，或許另當別論。但是，我完全沒有能夠擊中這位冠軍的信心！

儘管如此，我的連續攻擊還是沒有停歇，持續攻向冠軍。

皇帝(emperor)彼列像是在陪水準在他之下的對手訓練似的，以平穩的動作及聲音說：

「攻擊很不錯，直率又毫無迷惘。真想在排名遊戲中細細品味。」

「現在還不算太晚！你想做的事情都完成了吧？行動的結果，應該也已經傳遍冥界了！你的……冠軍的話語就是如此沉重！」

沒錯，在冠軍公布那些消息之後，冥界應該已經有各種言論在爭執不下了吧。大家會視那些消息為謊言嗎？不，冠軍在冥界有著極大的支持度，他的話語想必讓人感覺到強烈的真實性吧。即使和恐怖分子同流合汙……不，正因為如此，民眾更會認為冠軍是不惜與恐怖分子同流合汙也要公布真相，而接受他的話語也說不定。

「是啊，我懂。我當然懂。」

「我看你根本不懂吧！你的攻擊……有著迷惘！」

沒錯，冠軍——並沒有直接對我發動攻擊！完全只是以無效化能力在和我戰鬥！只要他有那個意思，根本可以趁無效化的瞬間對我造成致命傷！冠軍他——心中對這場戰鬥有著迷惘！

「……唔！」

就在我和冠軍你來我往的時候，瓦利已經趴倒在地上了。雖然他立刻站了起來，穿上鎧甲，繼續和那個傢伙對峙……但是以那個狀態來看，遲早會因為體力耗盡而敗陣！

變身為極霸龍的話或許另當別論，但那招消耗的體力和魔力多到不像話。既然對手擁有神器無效化(sacred gear canceller)的能力，即使胡亂變身也會立刻遭到無效化而白費體力及魔力。站在瓦利的立場，他或許認為現在的戰鬥方式是最好的吧。

「呵呵呵。怎麼啦，瓦利？這種三腳貓的功夫可是傷不了你祖父分毫喔。」

李澤維姆以威風堂堂的態度這麼說……而瓦利則是一臉非常不高興。

瓦利解除了右手的手甲，在手邊展開好幾個魔法陣，對李澤維姆發動攻勢！面對這波攻勢——李澤維姆沒有施展無效化，只有閃躲而已！那些是普通的魔法！那個傢伙沒有透過神器(sacred gear)，施展了普通的魔法！那個傢伙就連魔法的才能也非常突出！

我懂了，他打算以禁手(balance breaker)的鎧甲彌補體能方面的實力差距，然後用魔法攻擊或是純粹的魔力攻擊逼迫李澤維姆。

在發射魔法的同時，瓦利以不開心的口吻說：

「…………真是令人不悅的口氣啊。你八成是想以路西法之子的身分，以李林的身分行動，表現出壯麗的模樣吧，但是……」

瓦利指著那個傢伙說：

「你的根源，和那股即使想要掩藏也會從你的身體滲漏出來的，陰險又毒辣的氣焰一樣。李澤維姆，你是天生的惡，是惡意的化身。」

聽孫子這麼宣告，李澤維姆先是愣了一下，然後發出「嗚哈哈」的含糊笑聲，並且露出醜惡的笑容。

「既然如此，你想怎樣啊，我的臭孫子？你也不過就是一隻連對年老力衰的爺爺報一箭之仇也辦不到的雜碎龍啊！」

他吐出舌頭，表現出一如往常的不正經態度。

沒錯，我也這麼認為。無論他把自己表現得多麼雄壯，我還是深深認為現在這種不正經的態度才是李澤維姆的本性。如同魔王一般的言行舉止，只不過是在演戲——

身為他的孫子，瓦利早就識破祖父的本性了吧。

——這時，李澤維姆看向我，並且大喊：

「冠軍小弟！用那招！快用那招啊！」

那個傢伙做出了這樣的指示。冠軍露出苦澀不堪的表情之後，將手探入懷中。他拿了一個小瓶出來。裡面裝著紅色的東西——

無聲無息地，冠軍瞬間當場消失——

「啊！」

他一把抓住了我的臉……！竟然一眨眼就拉近了距離！冠軍以手指打開了小瓶的蓋子，然後用另一隻手打算硬是撬開我的嘴！我試圖抵抗，正想要以雙手將冠軍推開，但就差了那麼一點，小瓶裡面的東西已經有一部分流進我的口中！我的反擊也跟著落空，因為冠軍已經跳向後方了！

……一個令人不舒服的味道在口中散開。有種腥臭，舌頭上還有個黏膩的觸感。不過，我記得這個味道。這和我在戰鬥中經常嚐到的味道非常相似。沒錯，那種紅色的液體——是血！

……不知道是什麼東西的血，他到底讓我喝了什麼——

噗通！

這時，我感覺到心跳突然加快！同時全身開始顫抖，接著一股熱流緩緩從體內湧現，擴散至全身！我的身體產生了高溫，就連我自己也嚇了一跳！

忍受不了的我，解除了右手的手甲。結果——我明明沒有打算要變身，右臂卻變成了龍臂！

……我明明沒有提升龍之力，手臂卻……變成了龍臂！我立刻想到了一個可能性。沒錯，那些血——是龍血！加斯帕想提升能力的時候，也會利用我的，也就是龍血。同樣的，冠軍讓我喝下的，恐怕也是龍血吧。於是我體內的龍之力因此而高漲，並且發熱，讓我的身體自動產生了變化。

在手臂化為龍臂之後，我的頭也產生了異常的高溫！頭盔也因此自然解除，這時——

「咿！」

我聽見老媽的尖叫。

我看向老媽，只見她露出像是看見了什麼怪東西的表情。

……這是怎麼回事？心生疑惑的我，舉起手摸了摸自己的臉……我摸到的，不是平常的人類肌膚觸感，反而傳來粗糙硬質皮膚的感受……

李澤維姆朝我這邊射了一個小型的魔法陣過來。魔法陣裡，冒出一面鏡子。我一照——在鏡子裡看見的，是一張皮膚變硬、眼睛變得又圓又大、嘴裡長滿尖牙的非人者面貌……就連我的臉部，也開始變成龍了……

在這種狀況之下，李澤維姆興高采烈地對我的雙親說：

「兵藤夫婦，你們仔細看清楚了。那是假扮成兩位的兒子的——怪物啊。」

——！

……那個傢伙想在目前這種狀況下說出那件事嗎！打從一開始，他就計劃好要讓我的雙親看見我變成龍的模樣是吧！為了這個目的，還刻意做了這樣的安排嗎……他大概是因為我在天界痛扁了他一頓才這樣報復我吧。這個傢伙感覺就是會對這種事情特別執著……！

——真是個下流無比的混帳……！

李澤維姆繼續爆料。

「去年春天，兩位的寶貝兒子就已經喪命了。而那隻龍搶走了令郎的地位，過著虛假的生活。暑假的時候，他說要出遠門對吧？那是為了到惡魔的世界去而撒的謊；年底那時他也很忙，沒花多少時間和家人相處對吧？那是因為他有非人者的，怪物的活動要顧啊——！」

那個傢伙看起來滿心歡喜，帶著充滿愉悅的表情胡扯了起來！

老爸和老媽只是望著我和李澤維姆他們，看起來非常害怕。

……而我，不希望老爸老媽繼續帶著那種表情看著我。

「……請你們不要看我，老爸、老媽。」

……我好不容易擠出這麼一句話。要是這裡有個地洞，我真想立刻逃進去！我不想讓雙親看見我這副模樣！夠了！快住手啊！這一定是在作夢吧！這種狀況……這……！

我……精神已經瀕臨崩潰，只能不停流出斗大的淚珠——

儘管如此，李澤維姆依然帶著恍惚的表情繼續胡謅：

「老爸？老媽？哎呀，兩位聽見了嗎？那隻怪物還想繼續信口開河，欺騙你們呢。」

在這種狀況之下，有人擋到我面前護著我。

——是愛西亞！

淚流滿面的愛西亞，拚命向老爸老媽解釋：

「兵藤爸爸、兵藤媽媽！他真的是一誠先生！請兩位相信他！他確實已經轉生為惡魔，身上也帶有龍的力量，但儘管如此，他確實也還是兵藤一誠先生！請兩位相信我吧！拜託了……求求你們！」

就連愛西亞如此的泣訴，李澤維姆也帶著嘲笑表示：

「兵藤夫婦，就連那位金髮的美麗少女——也是惡魔啊。千萬別上當。所謂的惡魔原本就是以甜言蜜語將人類誘入黑暗之中的怪物。現在，你們兩位聽見的正是惡魔的呢喃。小心為上啊。」

…………愛西亞是個好孩子。

……愛西亞都是因為我才死掉的，不過是這樣罷了……老爸、老媽，你們不相信我也沒關係。可是，唯有愛西亞——唯有愛西亞……！

……我……不知道該說什麼，精神又受到嚴重的打擊，只能開口道歉。

「…………抱歉……老媽、老爸……抱歉……」

……一直以來欺騙他們之罪，隱瞞他們之罰。現在，全都報應到我身上來了。或許就是這樣吧。一直以來，我都沒有告訴他們自己是惡魔。不，就算我說了，他們會相信嗎？不對，要是我說了，甚至有可能害他們落入非人者的世界之中。這種事情……我怎麼可能辦得到。

……但是，以結果來說，我還是害他們遭逢危險了！沒錯，一切都是我的錯！要是我沒有和雷娜蕾交往的話，或許事情也不會變成這樣。要是我更機靈一點的話，說不定還可以找到以人類身分活下去的方法。

……可是，老爸、老媽。

即使變成了惡魔，我也不後悔。我遇見了各式各樣的人，學會了各式各樣的事情，也體驗過還是人類的時候絕對無法體驗的邂逅。

唯有這件事，我不會後悔。

而唯一一件讓我後悔不已的事——是一直以來都沒有向他們坦承自己的身分。

所以，我向他們道歉。

「——對不起，老爸、老媽。」

啊啊……我道歉了。這樣就夠了。即使遭到他們拒絕，被他們斷絕親子關係也無妨，這樣就好了。再來，只要能夠救出他們就可以了。嗯，我一定要救出他們。唯有這件事，我發誓一定要做到。

救出他們之後——我就會離開。

與其讓他們繼續面臨危險，我——選擇消失。我會從你們身邊消失。所以，對不起，老爸、老媽。

淚流不止的我——如此懺悔。

就在我做好遭到他們拒絕的心理準備時，有人對我開口說：

「……你是一誠對吧？是這樣沒錯吧？」

——是老爸的聲音。

老爸一步一步，向我走了過來。

李澤維姆愣了一下，連忙這麼說：

「等等，兵藤先生。千萬別上當。假裝流淚、訴之以情，這種事情惡魔可以做得面不改色喔。」

然而，老爸只是搖了搖頭，同時繼續拉近與我之間的距離。

「不，那是一誠……那個動不動就道歉的習慣還是老樣子，一模一樣。」

而且老媽也跟上來了。她也不住點頭，同時說：

「沒錯，我也看出來了。雖然臉長得不一樣，但是看到反應我馬上就知道了。他是一誠。這個孩子，是一誠沒錯！」

他們——來到我和愛西亞的眼前了。

變成龍的我不敢直視他們的眼睛……但是，忽然間，老爸站上前去，守護著我。

面對李澤維姆以及冠軍，雙腳不住顫抖的老爸如此吶喊：

「不准你們再對這個孩子動手了！你們想揍一誠的話，就得先揍飛我！」

——！

……對於滿心驚訝的我，老爸娓娓道來：

「……我這個人，自從出生在世之後就沒碰過什麼特別的事情，也沒想過要做出什麼壯舉。我覺得，只要能夠照常工作、照常組織家庭、照常和家人生活在一起就夠了。即使是現在，我也還是這麼想。」

老爸斬釘截鐵地說：

「無論是惡魔如何又如何，還是魔王怎樣又怎樣，我完全搞不懂，對於現在這個狀況，老實說也有很多無法理解的事情……但是，我可以肯定這個孩子是我的小孩。那當然了。他可是我的小孩啊。」

李澤維姆一面搖頭，一面對老爸說：

「喂喂喂，兵藤爸爸。你還是看仔細一點比較好喔。那種紅色的怪物看起來像人類嗎？看起來像你的小孩嗎？聽好了，你聽我說。那是惡魔，那是龍。換句話說，那是怪物。」

「不，這個傢伙是我兒子。是我的一誠。我想你大概不懂吧。但是，我看得出來。因為，我是這個傢伙的父親。因為，他是我養了十七年的小孩。」

聽老爸這麼說，李澤維姆嘆了口氣：

「區區十七年你能懂什麼，人類老弟？你不過是個不了解這個世界的真理及真相的人類而已吧？就連該怎麼判斷氣息都不知道，連觀察氣焰性質也辦不到的你，憑什麼說你看得出來啊？」

老媽也緊緊抱住我，護著我說：

「你是一誠吧。對，這樣一抱我就知道了。這個孩子是一誠沒錯。我都抱過多少次了，當然知道。」

老爸張開手臂，以身為盾，同時說：

「——這十七年，是我們一家人的一切，並沒有渺小到能夠憑你的歪理解釋清楚！」

老媽也抱著我如此力訴：

「對啊，這個孩子——是我的寶貝兒子。」

「沒錯，就算身體變成這樣還是一樣！就算是這樣……就算是這樣！」

老爸看著我的臉，爽朗地笑了。

「——即使轉生了，你還是回來當我們的孩子了，對吧？」

——！

…………………………

……………眼淚就這樣落下。斗大的淚珠一直落下，停也停不下來。

…………我只能道歉，甚至已經有所覺悟，即使存在遭到否定也不足為奇了。

——可是，老爸和老媽都看著我，說我是他們的小孩。

就算有些事情只有做父母的才知道，我還是——

老爸同時抱著我和老媽，還有愛西亞，然後大喊：

「如果是這樣的話，就再也沒有比這個更值得高興的事情了。為人父母者，再也沒有比這個更令我們感到幸福的事情了！」

老媽也抱著我和愛西亞大喊：

「對啊！即使變成這樣還是願意把我當成母親……光是這樣就夠了！」

愛西亞也和我一樣——只能任憑淚水沾濕自己的臉孔，泣不成聲。

老爸對著李澤維姆，對著魔王之子大喊：

「這個孩子是我們的兒子！你休想動他一根寒毛！」

就在這個瞬間，我的身體冒出一股溫暖的氣焰，籠罩住我們一家四口──

─○●○─

回過神來，我發現自己──飄蕩在一片有如次元夾縫的景色之中。

這是……現實？不，我沒有實際的感覺。說起來比較像是在對抗洛基之戰當中，我窺見朱乃學姊的心靈世界那時的感覺──

忽然間，我的眼前冒出一幅景象。

出現在影像之中的，是一處陌生的醫院診療室。裡面有醫生……和一對似曾相識的男女。仔細一看，他們是年輕時的老爸和老媽！我覺得好像在照片上看過這個時期的他們！

這是怎樣？這個空間是……老爸和老媽的記憶？是他們的回憶影像嗎？乳語翻譯(pilingual)自動對老媽發動了嗎……？

在我滿心疑問時，影像中的醫生和我的父母，表情充滿了悲痛。

醫生說：

『──很遺憾的，只能請兩位放棄肚子裡的孩子了。』

聽醫生這麼說——老媽當場痛哭失聲。老爸也帶著悲痛的表情，把手放在老媽的肩上。

……這是婦產科的景象？我好像沒聽他們提過這個狀況……

在我困惑不已時，忽然傳出老媽的聲音，在整個空間內迴響：

『發現我的體質天生不容易懷孕，是在我和他結婚過了幾年之後的事情了。在一直很難有小孩的狀況之下，隔了好幾年，我終於懷了一胎。但是，都怪我的體質如此，所以……』

場景一變，換成了我很熟悉的客廳。是我家之前的樣子。

坐在沙發上的老媽，依然哭個不停。

『對不起，老公……』

面對淚流滿面的老媽，老爸這麼鼓勵她：

『沒關係啦，別放在心上！留不住肚子裡的孩子固然遺憾，但是來日方長嘛！我們一定會有小寶寶的！』

……肚子裡的孩子、小寶寶……這該不會是……他們在我之前也有過小孩吧？但是，卻沒能誕生……？

正當我因為不曾耳聞的情報而困惑時，老媽的聲音再次響起。

『過了兩年之後，機會再次到來。』

場景又是一變，老媽在客廳裡開心地撫摸著肚子。

『太棒了！幹得好！沒問題的！妳不用再掛心了！』

老爸也興奮異常，甚至在家裡到處跑來跑去。

在記憶影像之中，老爸和老媽去了書店，大量購買了和生產、育兒有關的書籍。他們買了可以說是多到過剩的資料拚命閱讀，為了準備生產還到別的婦產科去尋求第二意見諮詢，諸如此類的記憶接連在我眼前展開。

『外子和我都想著這次要好好把孩子生下來，為此萬分注意，只想著要細心呵護肚子裡的孩子——』

影像再次轉換為婦產科的診療室。

我的父母在裡面，表情是一臉絕望。

醫生勉強擠出聲音，向他們兩位說明。

『兵藤先生，我知道你們一定很難受，但是這種狀況不是只發生在你們夫妻身上，還有其他人也——』

下著雪的歸途上，老爸在路中央停下腳步，對老媽說：

『……還是放棄好了。』

原本一直鼓勵著老媽的老爸——嚎啕大哭了起來。

『要是妳的身體狀況繼續惡化下去，我……絕對承受不了……！』

老媽也抱住老爸，兩人一起流下悲痛的淚水。

『後來，我們對於生孩子進入了半放棄狀態，調適了心情，決定過起新的生活。』

接下來我看到的，是他們簡樸而和睦的兩人生活。

兩人一起去旅行，兩人一起去逛街，兩人一起去釣魚，兩人一起——

他們的生活之中沒有我……沒有兩人之間生下的孩子。

『但是，在我和他一起生活了八年之後——』

下班回到家的老爸，在廚房聽了老媽的報告之後大吃一驚。

『小、小寶寶！真、真的嗎？』

老爸聽了之後——露出心意已決的表情，抓住老媽的肩膀。

『……我知道了！這次一定要成功！這次，我們一定要盡全力把這個孩子生下來！』

眼泛淚光的老媽，帶著笑容點了頭。

接下來，他們兩位為了生產，為了小寶寶所做的努力接二連三地呈現了出來。

老爸又開始看起各式各樣的相關書籍，本數更勝以往；老媽就連對於吃的東西都非常小心謹慎；看見老媽想拿重物，老爸便連忙阻止她；定期前往專科醫療機構的雙親，拚了命保護降臨在肚子裡的小生命。

一個下著雪的夜晚，老爸在某個神社打著赤腳進行百度參拜。

『求求祢！神明保佑、神明保佑！保佑內人能夠平安生下肚子裡的孩子！』

在雪花紛飛的寒冷夜晚裡，老爸一次又一次前往本堂，低頭求神。

『要我拿命來抵也無所謂！剩下的壽命變成一半也沒關係！所以，請神明保佑！保佑內人肚子裡的孩子！求求祢！求求祢！』

儘管雙腳逐漸凍僵，老爸還是不斷向神祈願。老爸甚至不惜求神拜佛……也希望未出世的孩子能夠平安吧。

影像之中的季節更迭，來到了大地回暖的春天。

老媽躺在醫院的病房裡。在她身邊的——是個剛出生的小嬰兒。

『是個小男生喔。』

護士小姐對依然一臉難以置信的老爸這麼說。

隔了一拍，老爸終於反應過來，開了口：

『…………啊，對喔…………這是我的小孩……』

『對啊，是我和你的寶寶……花了我們八年呢。』

躺在床上的老媽感慨萬千地這麼說，而護士小姐示意要老爸抱抱小嬰兒。

老爸接過小嬰兒之後，看著自己懷裡的小嬰兒，強忍淚水，帶著笑容說：

『……………………初次見面，我、我是爸爸喔。』

小嬰兒的視線——定在老爸的臉上。在那個瞬間，老爸放任自己強忍的感覺毫不止息地宣洩出來。他一邊哭泣，一邊對懷裡的小嬰兒繼續堆起笑臉。

『……謝謝你。謝謝你能來到這個世界上……真的……很謝謝你……』

看見丈夫的反應也跟著流淚的老媽問道：

『……你想好名字了嗎？』

『……想好了，就叫「一誠」。我希望他活在世上的第一優先就是誠懇。』

聽了這個名字，老媽輕輕一笑。

『……還真是老梗啊。』

『這、這好歹也是我絞盡腦汁才想出來的名字耶！』

『呵呵……不過，這個名字很響亮呢。一誠。一誠。我的孩子。』

他們兩位輕輕摟著小嬰兒——也就是我。

『沒錯，這是我們的孩子——對吧，一誠？』

接下來的影像，漸漸和我的記憶相符了起來。

某天晚上，老爸為睡不著的我唸了故事書。老爸對動物的故事最沒轍，只要是傷心的故事就會丟下我，自己哭起來。

老爸去出差的某個深夜，老媽熬夜照顧因為高燒不止而痛苦不堪的我。結果，老爸也提早結束了出差的工作，飛奔回來。

小學的時候，在親子兩人三腳的項目中，我和老爸一起衝向終點。雖然最後只有拿到第三名，但是之後我們一家三口在操場旁邊一起吃了午餐，當時的炸雞和煎蛋捲的味道讓我畢生難忘。

國中的時候，我第一次穿制服的模樣讓雙親莫名亢奮，在校門前面拍照留念了好幾次。當時害我覺得怪不好意思的，但是老爸和老媽都比平常還要高興。

……父親節買的那條平淡無奇的便宜領帶、為了母親節在家政課上縫製的那件歪七扭八的碎花圍裙，他們依然珍藏著。

接著，最後一段影像——是在百貨公司的角落，一臉快要哭出來的年幼的我。

……我記得這件事情。我們一家三口一起去隔壁縣某間沒去過幾次的百貨公司，當時我不禁被各種新奇的東西吸引，不知不覺間就和雙親走散了。在通道上走來走去的都是陌生人，讓我越來越害怕，但是因為某個約定，讓我在這種情況下也沒有放聲大哭。

要是爸爸和媽媽都不見了，就去找任何一個有大時鐘的地方，然後在那裡等——

我遵守了這個約定，一站到有時鐘塔的廣場等待時，就看見雙親一臉著急地到處找我的模樣。

『爸爸——媽媽——！』

我忍不住衝到他們身邊去，老爸老媽也發現了我，於是我們一家三口也不顧旁邊還有人在看，緊緊抱在一起。

『喔喔！一誠！爸爸擔心死了！』

『真是的，媽媽不是叫你不可以跑掉嗎！』

『對不起——！對不起啦——！』

我還邊哭邊道歉呢……後來，我們一家三口緊緊牽著手，再也沒放開，直到回家——

——那時從手上感覺到的溫暖，我這輩子一定都不會忘記吧。

……老爸……老媽……！

……我是在他們的期望、希冀之下誕生的孩子。既沒有特別的血統，也不是什麼資產家庭，但是我——對他們而言，是好不容易才盼來的孩子。

我們經歷過的，一定是隨處可見的風景吧。

我們的回憶，一定會被認為沒什麼稀奇吧。

儘管如此……儘管如此，我，以及我們這一家，還是一起度過了十七個年頭。少了任何一個人都不行，正因為是我們三個才能夠度過這段無可取代的時光——

沒錯，老爸、老媽。我是——你們的孩子。

我是一誠。是你們的一誠！

——我，是兵藤一誠！

……記憶影像依然持續播放著。在三個人一起度過的生活之中——多了一名金髮的少女——是愛西亞。

老媽的聲音再次響起。

『我們的生活之中，多了一位年輕女孩。』

愛西亞帶著滿面的笑容，和老爸、老媽談著天——

『如果我們有個女兒，如果我們有辦法平安生下一個女孩的話，大概就是這種感覺吧。在一起生活的過程中，我不時就會這麼想。』

愛西亞對我的雙親開口喚道：

『兵藤爸爸、兵藤媽媽。』

聽她這麼叫，老爸和老媽都露出感慨萬千的表情。

『——我好開心。因為我——我們夫妻多了一個女兒。我不知道這個女孩之前有過什麼遭遇，但是，這麼乖巧的女孩願意叫我一聲媽。沒錯，光是這樣，我就認定這個女孩是我的寶貝女兒了。』

然後，成了四口之家的我們的生活之中，逐漸增加了一個又一個成員——不知不覺間，圍著餐桌一起吃飯的人已經變成了一大票。

看著變得熱鬧非凡的家庭，老爸和老媽帶著微笑，默默看顧。

『老公。』

『什麼事？』

『再也不是只有我們兩個了呢。』

『是啊，沒錯。我們有個兒子——也多了好多女兒。』

『能夠過著這麼熱鬧的生活……我真是太幸福了。』

『和妳在一起二十五年——過了這麼多個年頭，或許都是為了這一刻呢。』

『……真想多看顧他們一下呢。』

『是啊，可以的話，真想和這些家人多生活一段時間——』

看著他們的模樣，我只能摀住眼睛，默默流淚。

就在這個瞬間，這個空間倏然擴張，最後迸開——

—○●○—

…………

……睜開眼睛時，我已經知道雙親真正的心意了。我得知了雙親對我懷有的愛情。

——我出生在世，成長至今，都有雙親滿滿的愛。一直以來，都是有他們兩位的看顧，我才能平安無事。

……淚流不止。完全止不住淚水的我，對擁抱著我的老爸和老媽說：

「……吶，老爸、老媽——我可以繼續當老爸和老媽的小孩吧？」

他們笑容滿面的點了頭。

「那還用說嗎？」

「一誠是我們的孩子啊。」

「…………謝謝你們。」

……啊啊……啊啊，我、我已經——

——啊啊，我已經什麼都不怕了。

在知道了一切之後，雙親還是接納了我。毫無疑問地相信我是他們的兒子……除此之外，還有什麼比這個更幸福的事情嗎……？

除此之外，再也沒有比這個更偉大的事情了吧——

我站了起來，對冠軍以及李澤維姆說：

「……李澤維姆、迪豪瑟先生，謝謝你們。多虧你們，從今開始——我已經無所畏懼了。」

沒錯，我已經什麼都不怕了。已經沒有必要害怕任何事情了！

「——現在的我，所向無敵。」

寶玉之光——開始散發出莫大而極大的光芒，規模前所未見。光輝變得越來越強烈，幾乎要將這個瞭望台籠罩在一片赭紅色之中。

鮮紅色的鎧甲再次覆蓋住我的全身——我奮力衝向李澤維姆！

「喔喔喔喔喔喔喔喔喔喔喔喔喔喔喔喔喔喔喔喔喔喔喔喔喔喔——！」

我從丹田吐出吼叫聲，帶著寶玉發出的強絕光芒勇往直前！

「李澤維姆大人！」

在即將撞上李澤維姆之際，冠軍闖進我們之間，將我的攻擊無效化！接著李澤維姆對我發動攻擊，解除了我的鎧甲！

「煩死人了！」

李澤維姆的踢腿陷入我的腹部！我朝後方飛了出去，在地板上滾了好幾圈。

……我口吐鮮血……痛得不得了。痛得要命。

——可是，寶玉的光輝完全沒有減弱。

意念的力量越強，神器（sacred gear）反映出來的力量也越強……！

老爸、老媽、愛西亞都跑到我身邊來！

愛西亞以恢復的神器(sacred gear)消除了我的傷勢。

老爸和老媽，還有愛西亞都喚著我。

「一誠！」

「一誠！」

「一誠先生！」

……看吧，很厲害吧？現在有三個家人在看著我。

寶玉的光輝依然不斷不斷不斷不斷在增強。

「唔啊啊啊啊啊啊啊啊啊啊啊啊啊啊啊啊啊啊啊！」

學不乖的我具現化出鎧甲，又衝向李澤維姆他們！冠軍防範我的攻擊，李澤維姆以神器無效化(sacred gear canceller)消除鎧甲，接著施展攻擊，套路和剛才一模一樣。

我再次被打飛，在地板上翻滾。然後——我的家人又跑了過來。

老爸拉起倒在地板上的我，老媽從背後撐住我，接著愛西亞的恢復之光又照到我身上。

「快，站起來吧，一誠！」

「站起來，一誠！」

「一誠先生！我來幫你恢復！」

老爸從正面對我說：

「無論幾次我都會拉你站起來！因為——我是你的父親！」

老媽拍了拍我的背說：

「加油！」

愛西亞也為我聲援：

「一誠先生！你一定要贏！」

沒錯，看吧。就是這樣。這樣就夠了。

——光是這樣，無論幾次我都可以站起來……！

我一次又一次穿上鮮紅色的鎧甲，一股腦地纏著冠軍和李澤維姆不放！

「喝啊啊啊啊啊啊啊啊啊啊啊啊啊啊啊啊啊啊啊啊啊啊啊啊！」

即使結果依然一樣，蘊含在寶玉當中的光輝卻還是越來越強。即使失去體力，即使魔力都快要耗盡——

「……就差那麼一點了，一誠。你可以的！不然我也和你一起上！」

「這樣的話，媽媽也一起上！我們一起打倒那個矮冬瓜！」

「我也一起上！我也是——兵藤家的一員！」

有家人守候著我。有我的家人支持我。

——既然如此，無論幾次我都得站起來，勇往直前才行！

讓我耍帥一下吧。我最重視的家人正在看著我啊。

「……沒問題的，老爸、老媽、愛西亞。只要有你們三個支持著我，無論幾次我都可以——」

沒錯，無論幾次我都可以站起來，勇往直前！

打倒我好幾次的李澤維姆露出一臉百思不得其解的表情。

「……為什麼這個傢伙要站起來？」

即使因為這個傢伙和冠軍的攻擊而倒下，我也毫不放棄地站起來，只是這樣罷了。即使噴出鮮血，即使腳斷了、手碎了，我依然一次也沒有後退，繼續向前衝！

「…………」

表情猙獰的李澤維姆問我：

「喂，你為什麼要站起來？為什麼還要攻向我們？……你的體力已經到達極限了吧？既然如此，為什麼要站起來？」

在這麼問我的同時，李澤維姆又將我的鎧甲無效化，然後踢飛了我。

……即使被踢飛，我也只會在家人的支持下站起來而已……！

看見這樣的光景，那個傢伙的表情變得極度不愉快。

「——為什麼…………為什麼要站起來！為什麼還要攻向我們！」

魔力以及體力都快要耗盡的我，以緩慢的步伐走著，攻向如此吶喊的李澤維姆。即使遍體鱗傷，唯有神器(sacred gear)的光輝完全沒有減弱，持續散發出莫大的光芒。

看著我的模樣，冠軍——解除了備戰架勢。

「…………李澤維姆大人，我已經……」

他的表情充滿了苦澀。

李澤維姆見狀，勃然大怒。

「為什麼不擺出架勢！準備戰鬥啊！為什麼看見他那樣，你就要解除備戰架勢？」

「…………你不懂嗎？」

冠軍低下頭來這麼問，但李澤維姆只是露出憤怒的表情說：

「懂什麼啊！我怎麼可能會懂那種人類在想什麼！」

李澤維姆——看向我的老爸和老媽，然後赫然察覺到一件事。

「對了！你的原動力就是你的父母對吧！他們發揮了某種不明就裡的異能是嗎？既然如此……！」

李澤維姆手上發出奇異的光芒！

「只要宰了他們就可以事事如意了！」

他朝我的雙親射出了極大的魔力波動！

不妙！那非常不妙！我試圖掩護雙親，但因為體力已經到了極限，膝蓋使不上力，連想衝出去都辦不到！

眼看著魔力波動就要擊中我的雙親──！

「老爸、老媽──愛西亞──！」

我最重要的三位家人逐漸消失在魔力的光芒之中──

……不，李澤維姆的魔力逐漸遭到抵銷。同時，我的雙親身旁冒出一陣黃金般的光輝！

仔細一看，一股閃閃發亮的金色氣焰，以愛西亞為中心向外釋出。氣焰構成了龍的形狀，簡直就像是一隻巨龍在保護他們三個人！

「嘖──！」

李澤維姆一面咒罵，一面接連射出無數的魔力彈！──然而，魔王之子發出的魔力，都在命中黃金氣焰的瞬間遭到消除！

身在氣焰中心的愛西亞，雙手有如在祈禱一般互握。她的雙眸閃耀著金黃色，身上繚繞著金色的氣焰，簡直有如鎧甲一樣。

愛西亞流下覺悟的淚水，同時帶著堅定的眼神說：

「──兵藤爸爸和兵藤媽媽就由我來保護。我一定會保護他們到最後！」

在她的背後──有一隻化身為氣焰的黃金龍，瞪著李澤維姆。

李澤維姆見狀，似乎瞬間為之戰慄。他悻悻然地拋下這句話！

「……竟然是禁手（balance breaker）！而且，那股氣焰……是黃金龍王……！竟然不惜做到這種程度……也要忤逆我嗎……！」

沒錯，正如李澤維姆所說，那股氣焰是法夫納！……那個傢伙為了保護愛西亞，竟然不惜化身為氣焰嗎？而且還呼應了愛西亞的神器（balance breaker），讓她達到了禁手（balance breaker）的境界！因為愛西亞和法夫納的意念交疊，這個禁手（balance breaker）才會就此誕生吧。

就連魔王之子的攻擊也能夠抵銷的絕對守護——

正因為愛西亞是那麼善良，覺醒的才會是這種能力吧。

「…………是怎樣。那是怎樣啦……！」

看見我和愛西亞的姿態，李澤維姆難掩煩躁，舉起手來在頭髮上一陣亂抓。

冠軍帶著充滿悲傷的表情說：

「……李澤維姆大人，他們只是展現出我們也可能擁有的事物罷了。」

李澤維姆一把抓住冠軍的領口，將怒氣發洩在他身上。

「所以說那到底是什麼啊！你想說是愛嗎？白痴啊！你是白痴啊！那種東西不過是幻想！不過是狗屁不如的謊言！」

……不，才不是什麼幻想。

也不是謊言。事實上，目前推動我的原動力，就是來自家人的愛啊！愛西亞也是。現在，正是因為那份愛，她才達到了禁手(balance breaker)的境界。

我和愛西亞，都只是想要保護父母親罷了。

看見李澤維姆那麼慌亂，直到現在都維持靜觀的瓦利也露出複雜的表情……瓦利那個傢伙，真虧他有辦法平靜地在旁邊看著啊……或許是看見我們一家的表現，讓他心裡有了什麼領會吧。

不過，我的體力也到達極限了。我踉蹌了一下……腳都快站不穩了。繼續這樣打下去，或許遲早會被敵人突破。在那之前，至少要讓我的雙親回到家裡。這就是我這次的任務。

……不，還有一個。

這麼說來，我答應過蕾維兒，要讓所有人一起平安回家。那麼，我也不能死在這裡。

正當我在心中再次下定決心的時候——

有人對我的內心喊話。

——一誠。

是一道熟悉的聲音。

——一誠，總算聽到了。

是奧菲斯的聲音。她現在應該躺在家裡才對，而且意識應該也還沒恢復啊……

奧菲斯這麼對我說：

——聽見吾的聲音，就表示時機終於成熟了。

……時機成熟？這是怎麼回事？

正當我滿心疑惑時，德萊格似乎知道是什麼意思，笑了出來。

然後，他以大家都聽得見的聲音說：

『路西法之子啊，白龍皇瓦利・路西法的祖父啊。看來你就是第一個客人了。』

「嗯？客人？」

聽德萊格這麼說，李澤維姆歪頭不解，而奧菲斯的聲音在我心裡繼續說了下去：

——誠，與吾一同謳歌吧。

德萊格又對李澤維姆說：

『不過，你該感到高興。這種咒文可沒那麼容易聽見。你可得豎起耳朵聽清楚了。畢竟，這可是龍神創作出來的，獨一無二的咒文。』

——吾的第一個朋友。其中有何含意，就讓大家知道吧。

好，奧菲斯。我知道了——一起謳歌吧。

我決定相信奧菲斯，將身心都託付給她。

「奧菲斯的聲音，在我的心裡這麼說——一起謳歌吧——一起優游吧。」

——咒文，浮現在我的腦海裡。

而我——輕聲詠唱了出來。

「——寄宿於吾之紅蓮赤龍啊，自霸覺醒吧。」

右邊手甲的寶玉，發出了鮮紅色的光芒。

『——吾所寄宿之鮮紅天龍啊，成王而啼吧。』

奧菲斯如此詠唱。同時，我左邊手甲的寶玉當中，釋放出漆黑的氣焰。

「——濡羽色之無限之神啊。」

鮮紅色的氣焰，籠罩住我的全身。

『——赫赫然之夢幻之神啊。』

漆黑的氣焰，更從其上覆蓋住一切——

「『——見證吾等超越際涯之禁吧。』」

鮮紅色的鎧甲，多了幾分漆黑的色澤，呈現出進一步的變化。

手甲、腳甲、頭盔、雙翼，都在鮮紅與漆黑彼此摻雜之際，改變了形狀。

然後，我和奧菲斯同時謳歌出咒文的最後一節——

「『——汝，燦爛然於吾等之燚中紊亂舞動吧。』」

「『『D∞D!! D∞DD∞D!! D∞DD∞DD∞D!!!! D∞DD∞DD∞DD∞D
D∞DD∞D!!!!!! D∞DD∞DD∞DD∞DD∞DD∞DD∞DD∞DD∞D
D∞DD∞D!!!!!!!!』』」

寶玉之中傳出如此的鼓譟語音，所有的寶玉都浮現出∞的記號！

「『『Dragon ∞ Drive!!!!!!』』」

最後的語音夾雜著德萊格與奧菲斯的聲音從寶玉中竄出，我和奧菲斯的咒文就此告終。

…………

……現在，站在李澤維姆眼前的，想必是一具外型變得比鮮紅色的鎧甲更具生物性，以紅與黑為基調的全身鎧（plate armor）吧。

翅膀也變成了兩對，其中都收納著砲管。

對於這樣的結果，李澤維姆啞口無言。他一面搖頭，一面吶喊：

「霸龍（juggernaut drive）？不對，這不是！儘管有著類似霸龍（juggernaut drive）般具生物性的變化，卻完全沒有任何一點那種不祥的氣焰！不如說，我的肌膚感受到的這種波動是……！」

沒錯，這不是霸龍（juggernaut drive）。不過，確實有著類似霸龍（juggernaut drive）的生物性特徵。

李澤維姆的表情變得猙獰。

「……那是怎樣？到了這個節骨眼，居然進化了嗎……！」

德萊格對李澤維姆說：

『——龍神化。是得到奧菲斯許可的，唯一絕對的力量。』

「——你得到奧菲斯的力量了嗎！」

正如他所說。出現在我身上的——是奧菲斯的力量。我現在的身體，是以偉大之紅的血肉以及奧菲斯的力量建構而成。現在，我暫時解放了體內的奧菲斯之力。正因為身體是以偉大之紅的血肉所形成，我才能夠承受住奧菲斯的力量。由於我的身體是他們兩隻龍創造出來的，才能夠發揮這種禁忌之力——

奧菲斯在我的內心表示：

——一誠，那個狀態只能維持非常短暫的時間。

這樣啊，非常短暫啊。不知道是幾秒鐘、幾十秒，還是幾分鐘。無論如何，都不會太長就是了。

——身體已經到處都在抗議了。

一股異樣的力量在我的體內翻騰，感覺只要一個不留神，身體就會四分五裂。

沒差，馬上搞定一切就對了。如果是現在的我——一定辦得到！

我對著李澤維姆擺出架勢。那個傢伙在擺出備戰姿勢的時候，稍微挪動了一下腳。剎那間，我瞬間拉近距離，站到李澤維姆的眼前。

那個傢伙似乎無法反應。我剛才的動作，想必完全在李澤維姆能夠理解的範圍以外吧。

我舉起右手，打出一記直拳！語音也跟著大響！

「『『D∞DD∞DD∞DD∞DD∞DD∞DD∞DD∞DD∞DD∞DD∞DD∞D

D∞D!!!!!!!!』』」

李澤維姆準備以左手接下我的直拳！他展開背後的路西法之翼，使得自己的力量更增。

接住了我的拳頭之後，李澤維姆試圖發動無效化……然而，儘管沒有使用「穿透」，我的拳頭的威力以及氣焰卻完全沒有消失，讓李澤維姆直呼「怎麼會！」，而驚訝不已。

「——先吃我一拳！」

我將全身的勁道挪到拳頭上，狠狠招呼在李澤維姆的臉！

我的這一拳不偏不倚地落在那個傢伙的臉上，讓他倒地！

李澤維姆立刻爬了起來，摸了摸中了拳頭的臉頰。剛才那一拳似乎相當管用，那個傢伙連鼻梁都骨折了，噴出大量鼻血。

李澤維姆硬是將鼻子扳了回去，挑起眉毛，一臉難以置信的樣子。

「…………那是怎樣？為什麼沒有辦法無效化！我的能力不管用嗎？這怎麼可能！」

德萊格對那個傢伙說：

『不，路西法之子啊。你的能力發揮了作用。』

「那為什麼不能無效化？即使他的力量附加了奧菲斯之力，只要是透過神器(sacred gear)施展，我的神器無效化(sacred gear canceller)就應該可以解除他的力量啊！」

『答案很單純。你的力量也有能夠無效化的極限值。反觀我們這邊，赤龍帝之力現在具備了無限的特性。只要施加的力量多到你無法抵銷的程度——就另當別論了吧？』

聽德萊格這麼說，李澤維姆只能為之驚愕。

「……他剛才施展的力量，質量大到我的無效化沒能完全抵消是吧……！」

『這就是奧菲斯——也就是無限。』

對於德萊格的回答，李澤維姆似乎也只能心有不甘地笑著說：

「……根本就是作弊……！」

對，這種力量已經算是作弊了。強到我不會想在正常的對決當中使用。應該說，我很希望奧菲斯能夠過著和平的生活，要借用她的力量……我其實不太願意。

「很單純吧？就是憑力量壓倒對手。這種攻略方法很有我的風格吧。如你所說，這是完全依賴奧菲斯的作弊手段。不過，如果是用來揍扁你這個傢伙，大家應該會原諒我吧。」

如果只是用來扁這傢伙一頓的話，稍微用一下也沒關係吧！

對於這樣的結果，李澤維姆向後退了一步，但同時也露出不懷好意的笑容。

「不過，在我看來，那並不是能夠維持很久的能力。既然如此——」

那個傢伙似乎識破了我的狀況，將手伸進懷中。

「就來打持久戰吧。要眼淚我還有一大堆呢。」

然後拿出了裝著不死鳥的眼淚的小瓶。

李澤維姆打開小瓶的蓋子……

「那麼，先喝第一個。」

接著直接一飲而盡。

——可惡！他想消除自己的傷勢嗎！

也罷。雖然不知道這個狀態可以維持多久，反正只要還撐得住，我就繼續揍那個傢伙就對了！

有所覺悟的我下定了決心……但喝下不死鳥的眼淚之後，李澤維姆並未產生任何變化。

「…………」

發現恢復現象沒有發生在自己身上，李澤維姆皺起眉頭。

「……怎麼會這樣？為何我的傷勢沒有痊癒？」

冠軍喃喃說著——手上還展開了一個小型的魔法陣。

「……那原本是真品沒錯。一直到剛才那一刻為止。」

李澤維姆似乎因為這句話而想通了，於是瞪著冠軍說：

「……混帳，你用了無效化……？你消除了不死鳥的眼淚的功效嗎？」

「……彼列的特性『無價值』，照理來說只對目標的能力有作用——不過，即使是對『物』也不例外……只要知道構成的物質以及原理，就能夠使其『無價值』。你們持有的所有眼淚，現在都已經『無價值』了。」

連這種事情都辦得到嗎……只要知道結構如何，就連對東西都能夠發揮效用。以現在的狀況來說，冠軍知道了不死鳥的眼淚的成分，而使恢復的作用失效了。

知道這件事之後，李澤維姆掌握了一切。

「……你和菲尼克斯家的對戰，一開始就是考慮到這個狀況嗎！」

原來如此，是這麼一回事啊！別西卜陛下說的就是這個！冠軍一開始就知道邪惡之樹私自製造不死鳥的眼淚。考慮到能夠將其無效化，冠軍才鎖定了和萊薩的對戰。也就是說，他分析了萊薩或是蕾維兒的魔力，得知了眼淚的結構。然後，他剛才讓邪惡之樹持有的所有眼淚全都失效了。

「沒膽量徹底為惡的小伙子……！」

李澤維姆如此咒罵。容貌都因為憤怒而扭曲了。看來他完全沒料到冠軍會這麼做吧。

看見他的反應，我笑了。

「在天界看見和米迦勒先生對峙的你，那個時候我還想著，『這就是魔王路西法之子啊』，心裡相當害怕呢。」

雄壯的語氣，背上還長著路西法的羽翼。我在天界的時候，對這個傢伙只有恐懼。

可是——我錯了。正如瓦利剛才所說，現在的模樣才是最原本的他。他的本性，就是這麼一個不正經的大叔。

「——你想模仿自己的父親，撐得很勉強吧，大叔？現在的模樣才是真正的你吧？」

我從正面直截了當地對他說：

「——我打算以最真實的自己，以十七歲小鬼的身分堅持到最後喔。而你又打算以哪個面貌撐下去啊？」

「……很敢講嘛，赤龍帝！」

我剛才那句話似乎讓那個傢伙認真動了肝火！他在手上凝聚了發著光的魔力，更在背上展開了所有路西法之翼！

我讓奧菲斯之力籠罩在身上，衝向李澤維姆！我要在這裡搞定他！現在加上了奧菲斯之力，應該辦得到才對！我現在就要在這裡搞定這個不正經的混帳！

我和李澤維姆在瞭望台進行了幾回合攻防之後，從瓦利撞碎的玻璃幃幕飛到外面去了！

在空中展開翅膀之後，雙方開始打起魔力的砲擊戰！不時更進一步拉近間距，展開近距離的肉搏戰！

我的拳頭、他的踢腿，打在彼此身上的各個地方！光是攻擊的餘波、衝擊，就讓周圍的建築物倒塌，連飛在空中的量產型邪龍也遭到擊落。

經此一戰，我再次體認到這個傢伙果然是超自然級的強悍！

「喔啊啊啊啊啊啊啊啊啊啊啊啊啊啊啊！」

李澤維姆的羽翼全都像是擁有自我意識似的，各自扭動了起來，然後攻向我！羽翼銳利的尖端襲擊而至，但我高速躲過那些攻擊，羽翼便繼續延伸，毀壞了底下的建築物及道路。

「唔啊啊啊啊啊啊啊啊啊啊啊啊啊啊啊！」

接著，他發出好幾顆極大的魔力彈！所有魔力彈的濃密度以及攻擊性都超乎尋常，如果在我還是鮮紅色鎧甲的時候中了這招肯定會受到致命傷。

但是——現在的我，有奧菲斯之力加身啊！

「喝啊啊啊啊啊啊啊啊啊啊啊啊啊啊啊啊啊啊啊！」

面對襲擊而至的巨大高密度魔力彈，我以拳打腳踢全部彈開！

被彈開的魔力彈飛向阿格雷亞斯的街道、建築物，以至遠方，一一撞擊了景物。撞擊的瞬間便在各地引發極大的爆炸。爆炸氣流吹向四周。距離最近的一顆，讓好幾棟建築物全都就此消失，形成巨大的隕石坑。

再怎麼爛也是魔王之子啊——不過，我另外也這麼想。

……超越者只有這種程度？不，這怎麼可能。我在瑟傑克斯陛下和阿傑卡・別西卜陛下身上隨時可以感覺到靜謐的震撼力以及無與倫比的氣焰，這個傢伙根本比不上他們兩位。

我想，在三名超越者當中，是不是只有這個傢伙略遜一籌啊？

我不禁這麼覺得……不過，他依然是個凶惡的敵人。

李澤維姆更加劇烈地晃動背上的羽翼，全身上下散發出強烈的氣焰。接著，那個傢伙直接飛到比我更高的上空，然後大喊！

「嘿！既然如此！我就賞你一記超強的攻擊好了！你的夥伴們也在底下對吧？要是你躲開了，你的夥伴們可就死定了！你那些還在市政廳裡的家人也會因為餘波一起上西天！」

如此吶喊之後，那個傢伙將氣焰提升到前所未見的壓倒性強度，集中到雙手上！那個傢伙的手上，產生出令人難以置信的大量魔力！

那個傢伙的頭上——冒出大小恐怕有幾十公尺的魔力聚合物，而且多達六顆！要是那種東西落到阿格雷亞斯的地表上——別說夥伴們了，整個城鎮都會毀於一旦！

六顆強大的魔力彈開始緩緩畫圈。

「——消失吧——————啊啊啊啊啊啊啊啊啊啊啊啊！」

李澤維姆釋出了攻擊！

散發著極為沉重的壓力，巨大的魔力彈就此落下！

我——下定了決心，對德萊格說：

「——你會陪我到最後吧，德萊格！」

『好吧。該出絕招了！』

我從長在背上的兩對翅膀向前伸出砲管！雙肩各一，兩邊腋下各一，四門砲管延伸而出！奧菲斯的無限之力，逐漸聚集到砲管裡面！

「『『D∞DD∞DD∞DD∞DD∞DD∞DD∞DD∞DD∞DD∞DD∞DD∞D!!!!!!!!』』」

各個寶玉也都浮現出「∞」的記號，閃爍著紅與黑的光芒。

隨著「嗡——……」的鳴動聲，奧菲斯的——無限龍神（uroboros dragon）的力量就聚集在砲管之內！

「去吧啊啊啊啊啊啊啊啊啊啊啊啊啊啊啊啊啊啊啊啊啊啊啊啊啊啊！」

「『『∞ Blaster!!!!!!』』」

隨著語音響起，四個砲口分別開火，射出強烈、龐大、極粗，又摻雜著紅色與漆黑的砲擊氣焰！四道砲擊射穿了李澤維姆發出的那六顆強大的魔力彈，然後——

浮游都市阿格雷亞斯的整個空域，發生了足以掩蓋整面天空的大爆炸！

巨響、爆炸聲、爆炸氣流，該來的全都來了，我的砲擊和李澤維姆的魔力在空中互相抵銷！造成的衝擊一路擴散，幾乎要震破阿格雷亞斯所有建築物的窗戶玻璃——

——天空變成了紅色與漆黑交雜的紋路。

兩股攻擊力超強的力量聚合物互相碰撞，消滅了彼此之後，我可以看見爆炸煙塵當中，有一個人影。

——是李澤維姆。

不過，或許是受到剛才的砲擊餘波影響，他的羽翼已經折斷了一半以上，全身都噴著鮮血。

他咳了一下，也從嘴裡吐出了鮮血。看來就連飛在空中也很勉強了吧。

相較之下，我完全沒事。看見我沒有受到傷害，那個傢伙的表情寫滿了憤怒與焦慮。

「……就連我也要和夏爾巴還有曹操那個時候一樣，被這種無聊的暴力強攻手法突破嗎……！」

聽見他這番話，德萊格沒好氣地說：

『——你只要別招惹他就好了。我的搭檔——兵藤一誠想要的是沉寂。然而，新舊別西卜的血族、英雄的血族，還有你這個路西法之子，都毫不客氣地介入，踐踏了他的領域。』

然後，德萊格如此斷言：

『那麼，他也只好消滅你們了——這就是二天龍，赤龍帝應若是……不，說錯了。應該稱呼他為真二天龍之一，身為惡魔的真紅赫龍帝（cardinal crimson proportion）——「D×D（Diabolos Dragon）」才對吧。』

……身為惡魔的真紅赫龍帝（cardinal crimson proportion）——「D×D（Diabolos Dragon）」啊……聽起來有點誇張，怪不好意思的。

聽德萊格這麼說，李澤維姆苦笑。

「……呵呵呵，他想成為新的超越者『龍之魔王（satan）』嗎……既然如此，我的孫子或許也會在不久的將來被列為超越者吧。」

說著，那個傢伙在背後——變出了轉移型魔法陣！

「……但是，我可不能就這樣……死在這裡啊！」

混帳傢伙！他想逃走嗎！李澤維姆看了我們一眼之後，便消失在轉移之光當中！可惡！逃得也太快了吧？應該說，他也放棄得太快了吧！

「別想逃，李澤維姆。」

瓦利飛出市政廳——但是又回過頭來，對我說了一句話。

「——太精采了，兵藤一誠。你的……你們一家的戰鬥……讓我不禁看得著了迷。」

他只留下這麼一句話，便追著李澤維姆，消失在阿格雷亞斯的空中。

……總覺得，瓦利剛才好像露出了寂寞的表情。

—○●○—

被李澤維姆逃走之後，我回到瞭望台，和雙親以及愛西亞確認彼此平安。

奧菲斯的鎧甲已經解除，我也恢復了平常的模樣。

好了，回到瞭望台了，該怎麼辦呢……我走到在房間中央垂頭喪氣的冠軍身邊。

看來他已經不打算抵抗了。

我正面對他說：

「……冠軍，你做的事情罪無可赦。」

結果，冠軍展開雙臂，閉上了眼睛。

「動手吧，你有這個權利。」

……要我殺了他，是吧。這種事情……我怎麼可能辦得到。

——但是，老媽大步走了過來，在冠軍的臉上打了一巴掌！

「……竟然讓我家的小孩……讓我們家的孩子們碰上這種遭遇，要你接受這點懲罰也不過分吧！」

沒想到老媽竟是如此強悍——老爸也「啊哇哇」地驚叫出聲，嚇了一跳。

我原本在想是不是該揍冠軍一拳，但是既然老媽都賞他一巴掌了……這樣就夠了吧。

冠軍也說了句「非常對不起」，向老媽道了歉。

……我搖了搖頭，這麼說：

「……請你贖罪吧。無論要花上幾年，還是幾千年……我喜歡的女人，說想和你比賽

……她說，和你在排名遊戲當中較量是她的夢想。我想，一定不只莉雅絲這麼想。還有許多選手也都懷抱著這個夢想吧。」

沒錯，不只莉雅絲。塞拉歐格和蒼那前會長他們，將來應該也都想和這個人打一場才對。

還有──

「……我也是，有朝一日有了自己的眷屬之後，我也想和你比賽。所以……無論要幾千年我都等，請你贖罪吧。」

「…………要闖了這麼多禍的我不准死……你真是比任何人都還要殘酷啊。」

低下頭的冠軍問我：

「……告訴我一件事。我聽到了傳聞……聽說你在天界遇見了八重垣和克蕾莉亞的靈魂

……克蕾莉亞……她的表情看起來如何？」

我在腦中回想起在天界的時候看見的，疑似克蕾莉亞的幻影。克蕾莉亞摟著八重垣。

「……她的表情看起來很溫柔。」

聽我這麼說——冠軍流下一行清淚。

「…………這樣啊…………是我輸了。」

看著當場跪倒在地的冠軍，我抬頭看著天花板。

……真是一場無以名狀的戰鬥。冠軍的心情我也不是不能理解。不過，他涉足於不該踏入的領域之中也是事實——

可是，站在我的立場，也有很大的收穫。非常大。

我——回首看向家人。老爸、老媽、愛西亞。我最重要的家人們。他們全都帶著笑容迎接現在的我。我已經不需要隱瞞了。可是，這可能會讓老爸老媽面臨危險。

——真是這樣的話，我只要和愛西亞一起……與愛西亞一同和大家攜手合作，保護他們就可以了。保護他們到最後就可以了。

這場戰鬥，讓我有了新的決心——

——這時，我突然非常想吐。我立刻以手摀住嘴。只是，從喉嚨深處——從肚子裡面湧上來的東西，多到用手擋也擋不住。

「咳呼！」

……等我意識到的時候，已經從嘴裡吐出大量血塊。同時也感覺到一股熱流從鼻子傾瀉而出。應該是鼻血吧，我隱約這麼覺得。

接著發生在我身上的，是突如其來的無力感——我渾身虛脫，像是斷了線的傀儡似的，倒在地上。

「…………奇怪？」

我只能望著地板……即使想用力，卻連一根手指也使不上力，動也動不了。唯一能做的，就只有看著從嘴裡流出的鮮血將地板染成一片紅。

「一誠先生！」

「一誠！」

「一誠！」

尖叫的愛西亞、老爸、老媽的聲音傳進我的耳中……但就連他們的聲音也一點一點變得聽不清楚……

『……搭檔——這是力量的代價。奧菲斯的力量……實在太強……』

我聽見德萊格凝重的聲音……但是眼前變得一片白，然後又逐漸變黑……

這時，我的意識逐漸變得模糊——

沒錯，代價實在太大了——

Last Life... 因果報應

「…………」

「…………」

我——阿撒塞勒，潛入阿格雷亞斯的內部，前進到相當深入的地方之後，在此與身穿黑色洋裝的少女對峙。前方是一扇通往動力室的巨大對開鐵門，少女就等在門前。這裡是個寬敞的空間。

——等著我的是奧菲斯的分身，莉莉絲。

……我實在是不太想和這傢伙交手。不過，就算是正面對決，我也只有被打垮的份吧。

話雖如此，我還是想去門後面的動力爐那裡啊……由於我有事先準備好的阿格雷亞斯內部地圖，一路前進到這裡都還滿順遂的。途中雖然有不少煩人的陷阱阻擋我的去路，不過身為技術人員，解除那種陷阱我還算是拿手。看來，由我負責過來這邊果然是正確的。如果來的是其他人，可能就會被陷阱絆住，多花不少時間。

面對莉莉絲，我抓了抓臉頰。

「……吶，妳真的不肯讓我過嗎？」

「不行。李澤維姆，叫莉莉絲保護這裡。」

「我們一定得戰鬥嗎？」

「戰鬥？莉莉絲，很強。非常強。」

「……是啊，我想也是。」

莉莉絲迅速打了幾個可愛的刺拳。她的動作是很可愛沒錯，但是那每一拳恐怕都蘊藏著超脫常軌的威力吧。

唉，傷腦筋了。這下該怎麼辦呢？這種時候，如果是一誠的話，說不定可以處理得很妥當呢……小朋友都喜歡他嘛。

如果是愛西亞的話，面臨這種場面的時候會怎麼做呢？馭龍者的才能出類拔萃的前聖女。那個女孩會如何擺平這隻龍呢？

……思考到這裡，我想到一件事。

我從懷裡掏出我帶在身上當作緊急乾糧的巧克力棒，將包裝撕開一半，把裡面的巧克力棒露出來。

然後我將巧克力棒朝莉莉絲遞了出去，同時說：

「不然這樣好了，這個點心給妳。」

「——！」

看見點心的瞬間，她的眼神一變！嗯————！奧菲斯對這種東西很沒有抵抗力，看來這個分身也一樣嘍？

我試著上下左右移動拿著巧克力棒的手。莉莉絲的視線也跟著我的動作大幅移動。看來她非常有興趣。

這麼說來，一誠他們也說過在采佩什派的城鎮遇見這個女孩的時候請她吃了飯呢……看來她是那種貪吃的龍嘍？

「想要嗎？很好吃喔！很甜喔！」

聽我這麼說，莉莉絲面無表情，不發一語地吞了一口口水。

「…………」

幹嘛淚眼汪汪的啊！搞得好像我在欺負妳似的！

「……妳肯讓我過的話，這個就給妳。不肯讓我過的話，就不給妳。怎樣？想要嗎？」

「……想要。可是，不能讓你過……莉莉絲，該怎麼辦？」

少女可愛地歪著頭這麼問我……到底該怎麼辦啊？

我嘆了口氣……唉，敗給她了。

我對莉莉絲遞出巧克力棒。

「……不要用那種眼神看我啦。我知道了，知道了啦。總之，這個先給妳就是了。等妳吃完再慢慢想要不要給我過吧。」

莉莉絲接過巧克力棒之後……

「…………」

便不發一語地大口吃了起來……看起來好像很滿意的樣子。

我當場低下頭來，宣告投降。好了，再來該怎麼辦呢？想辦法用點心釣她，讓她離開這裡嗎？如果辦得到的話就輕鬆了……但是她看起來意外地頑固啊。

「……真是的，製造出妳的那個臭混帳到底在想什麼，才會把妳做成這個樣子啊？」

好了，雖然沒什麼時間，不過還是該來組織一下戰術，對付這隻貪吃的龍少女了。

我雙手抱胸，出聲低吟，試圖絞盡腦汁想出作戰計畫。

就在這個時候，我剛走過的通道的另一端，傳來了別人的腳步聲。不久之後，就連聲音都聽得見了。

「…………混帳東西！赤龍帝那個臭小鬼……！」

一邊這麼說，一邊從通道當中現身的——是被打得不成人形的李澤維姆！

那個傢伙低著頭，不斷自言自語。

「看來，我還是應該使用莉莉絲的力量才對……不，她太不穩定了，就連拿來當擋箭牌的功能都快喪失了。讓現在的莉莉絲和二天龍見面的話，很有可能被拐走。正因為如此，才需要調查正牌貨，進行重新調整及強化……那麼……只好用那招了吧……嗚哈哈哈！」

發出令人厭惡的笑聲之後，他大喊：

「莉莉絲！莉莉絲在哪裡？」

喊了莉莉絲的名字之後，他似乎看見我了。

「我正想說時間好像花得有點多，結果你就出現了啊。」

我嘲笑著李澤維姆的傷勢。他也不甘示弱，露出令人厭惡的笑容。

「……哦——哦——這不是阿撒塞勒叔叔嗎？居然先跑來阿格雷亞斯的動力爐，厲害厲害。而且竟然有辦法閃過這一路上的所有陷阱，真了不起啊。」

「瞧你這副德性，李澤維姆。把你打成這樣的，是一誠還是瓦利啊？反正，我早就覺得事情會變成這樣了。」

「……對於這個結果一點也不驚訝啊。不愧是二天龍的指導者大人啊。」

一誠和瓦利的實力和意外性在歷代持有者當中也特別突出。這個傢伙遲早會變成這樣，我早就隱約有這種預感了。

「找他們兩個麻煩的傢伙無論有多強的實力，全都被捲入無法預期的現象之中消失了。所以，我早就覺得你總有一天也會有同樣的遭遇。簡單來說，就是時間早晚的問題。我所計算的，只有能夠將你們造成的損害抑制到多低而已。」

夏爾巴也是、曹操也是，都因為隨便招惹他們而消失了。所謂無三不成禮。我一直傾向於認為李澤維姆也會落到同樣的下場。

李澤維姆嘴角一撇，看起來很不開心。

「……你這種說法真是令人不爽。」

「不，儘管如此，你的惡意還是稍微超越了我的預料。像是聖杯，還有生命果實之類。不過，我看你是慌了吧。事情進展到這個地步，這種突然的行動未免也太隨便了。隨便過頭了。這和你的黑眼圈有什麼關係嗎？」

他的眼睛底下有黑眼圈。是因為睡眠不足嗎？擅長煽動別人的這個傢伙會因為什麼原因而睡眠不足？他應該也不是那種纖細到會因為擔心未來而每天失眠的類型吧。

——然而，不同於我的預期，那個傢伙自嘲道：

「……我也沒想到自己有這麼纖細啦……可惡。我就知道，預感果然成真了。最棘手的，不是瑟傑克斯小弟，也不是赤龍帝和瓦利，更不是『D×D』……而是眼前這個……」

李澤維姆瞇起眼睛，意味深長地瞪著我。

……都已經傷痕累累了，他還在思考什麼呢？

正當我感到狐疑的時候——視野當中突然冒出耀眼的光芒。

仔細一看，隨著足以照亮這個廣大的空間全境的大量光芒——龍門(dragon gate)正在開啟！而且還有兩種！雙方的顏色都帶有很重的黑色調。

出現在這裡的——是長著翅膀和三顆頭的巨大黑龍，以及身穿黑色祭師服，膚色呈現褐色的美青年。

巨大的三頭龍是「魔源禁龍(diabolism thousand dragon)」——阿日・達哈卡，褐膚的青年雖然是人類的模樣，但應該是「原初之晦冥龍(eclipse dragon)」——阿佩普吧。

青年——阿佩普沒好氣地對李澤維姆說：

「——棋差一著啊，王子。」

三頭龍——阿日・達哈卡也呼應了他的發言而嘲笑道：

『應該說，這只是精神面的脆弱在緊要關頭露餡了吧。』

『玻璃心！』

『只有態度特別跩！』

中間的頭說完，左右的頭也分別辱罵了李澤維姆。

面對在邪龍之中也是以不同凡響而聞名的他們，李澤維姆苦笑。

「……這不是阿佩普小弟和阿日・達哈卡小弟嗎？」

李澤維姆的傷勢似乎讓阿日・達哈卡看得非常開心，有點瞧不起他似的說：

『嗨——李澤兄。瞧你傷得，真是恰到好處啊。』

『也被打得太慘了吧☆』

『活該——活該——！』

阿日．達哈卡的態度，讓李澤維姆一臉不爽。

然而，這時阿佩普如此斷言：

「不好意思，李澤維姆王子。你一直很照顧我們……不過到此為止了——今後請讓我們自己行動。」

阿佩普伸出手來，一個魔法陣就此展開，從中冒出一個東西。

是一只酒杯——瓦雷莉的聖杯。

「這個我們也拿走了。」

見阿佩普拿著聖杯，李澤維姆不禁咂嘴。

「……聖杯啊。原則上我是將它藏在自己固有的亞空間裡面呢……不過質問你們這種事情也是白搭吧。」

阿日．達哈卡「咯咯咯」地笑了幾聲。

『是啊。論魔術的話，我比你還要來得強多了。』

『我相當擅長魔法喔☆』

『你這個二流魔王！三流魔王！』

……李澤維姆那個傢伙，在這個節骨上被反將了一軍啊。

這些傢伙，該不會是早就料到李澤維姆會在近期內失敗了吧？

然後，趁著這個機會，搶走了聖杯——

像是在為我心中的預測代言，阿佩普說：

「你好像因為法夫納的詛咒，每天晚上都作惡夢是吧。黑眼圈都深到令人不忍卒睹了。你企圖強化莉莉絲以防備詛咒，卻因為太過急躁而招致這個狀況。儘管被列為超越者之一，你還是比另外兩名超越者略遜一籌啊。」

「…………真敢講啊，區區的邪龍。」

李澤維姆忿忿地如此回應。

……這下我懂了。這樣啊，李澤維姆那個傢伙中了法夫納的詛咒是吧。

那個龍王肯定是在即將失去意識之際，將自己的精神化為詛咒，傳送到李澤維姆身上去了。然後，那個傢伙的精神體便每天晚上都出現在李澤維姆的夢裡，在夢境中不斷襲擊他。李澤維姆的黑眼圈，就是因為每天晚上都夢見法夫納的惡夢而來——而且，他會對奧菲斯下手的原因也是這個啊。竟然想到要強化莉莉絲來對付法夫納。

阿日．達哈卡繼續調侃他。

『超越者先生在夢中連抵抗也辦不到，被金色的傢伙殺了幾百、幾千次呢。』

『在夢境中無法超越——！』

『詛咒之夢無法解咒——！』

阿佩普也嘆息道：

「受到詛咒的侵害而讓自己成為計畫的絆腳石，只能說你的度量不過爾爾了——不過，他的詛咒十分淒厲也是事實。你惹了太多不必要的麻煩了。」

我不是要站在他們那一邊，但這番話說得一點也沒錯。

連不必要的煽動都做了，結果反而被人趁虛而入。而且在精神方面被逼迫到瀕臨極限，連續犯下粗心的錯誤，最後落到這般田地。

被兩隻邪龍看扁到不能再扁，讓李澤維姆氣到渾身發抖。

但我沒有理會他，對兩隻邪龍說：

「把那個東西……把聖杯交給我吧，阿佩普、阿日・達哈卡。」

「這個恕難從命，墮天使之長啊。對於向異世界發動戰爭，我們也有興趣。」

——！

……怎麼會這樣。我還以為這是李澤維姆一個人的堅持，沒想到就連這些傢伙也對異世界有興趣！

像是在呼應阿佩普似的，阿日．達哈卡也說：

『找異世界的神打架好像也很好玩。』

『好像真的很好玩的說☆』

『真想去見識一下未知的世界！』

他們只有目的是共通的是吧。不過，現在要和李澤維姆斷絕關係了。只是這樣也很麻煩啊。實力堅強的龍族隨心所欲地使用聖杯，光是想像這種狀況就令人驚恐不已。

忽然，阿佩普看向通道。看了寂靜無聲的陰暗通道，阿佩普輕輕笑了一下。

「……看來引導你的靈魂的人已經來了。那麼，永別了，魔王之子啊。放心去死吧。」

阿佩普、阿日．達哈卡腳下冒出光來，龍門(dragon gate)再次開啟。

『至少，你的精神我們會繼承下去啦。』

『掰掰！』

『死得越悽慘越好！』

留下這些話之後，阿佩普與阿日．達哈卡便隨著黑色的氣焰一起轉移離開了——

兩隻凶惡的邪龍離開之後，通道的盡頭立刻冒出一道白刃般的閃光，畫出光之軌跡直線往這邊前進。

降臨在這個寬敞空間的——是身穿純白色鎧甲的瓦利。

了。」

「我剛才感覺到的波動，是阿日．達哈卡的吧──看來，就連甦醒的邪龍也受夠你

說著，瓦利站到李澤維姆眼前。

看見孫子登場，李澤維姆似乎也只能苦笑。

「──瓦利寶貝在這種時候登場啦。」

「也就是說，那隻三頭邪龍還有克隆．庫瓦赫都沒有嫩到會受你控制──你太小看龍族了，李澤維姆。」

瓦利向前伸出右手。量大到令人感到危險的氣焰聚集到他的手掌上。

李澤維姆見狀，笑容立刻僵住。

「等一下等一下，瓦利寶貝。是我不好啦。你想想，我是你爺爺耶！這種時候應該慰勞我一下吧？」

他大概是知道以自己現在的傷勢無法完全克制瓦利的力量吧。到了這個關頭，那個傢伙越來越焦躁了。

但是──

「…………」

瓦利沒有說話，嘆了一口氣之後，開始羅列蘊含著力量的話語！

「吾，乃覺醒者——乃將律之絕對墮於黑暗之白龍皇也——」

整個空間隨即開始震盪。瓦利的身體逐漸釋出壓倒性的絕大氣焰。純白的鎧甲也逐漸產生變化，散發出銀白色的光輝，形狀也跟著改變。

這是瓦利找到的答案之一——「白銀的極霸龍（empireo juggernaut over drive）」，他開始詠唱其咒文。

體力及魔力的消耗相當劇烈，但是其威力之強，就連傳說中的最上級死神（grim reaper）都能夠輕鬆葬送。

——是將甚至能夠弒神的可怕力量具現化。

看見眼前的光景，李澤維姆瞪大了眼睛，繼續說著說服的言詞。

「今後的年輕人必備技能是老人照護喔！」

「穿越無限的破滅及黎明的夢想而行霸道——」

而瓦利毫不理會，只是繼續詠唱咒文。

李澤維姆接著又裝模作樣地道起歉來。

「啊啊，我知道了！我為之前的所有事情道歉！我不應該欺負你的！」

「吾，當成無垢的龍之皇帝（emperor）——」

「聽我說嘛，我都說是我錯了！金錢也好女人也好，你想要什麼我都可以給你喔！」

但是，孫子對祖父完全沒有展現出任何一點慈悲心，詠唱出最後一段咒文——

「「「「「領汝走上白銀的幻想及魔道的極致。」」」」」

『Juggernaut Over Drive!!!!!!!!!!!!!』

寶玉也響起了語音，白龍皇的鎧甲(divine dividing scale mail)終於變成了閃著銀白色光輝的上位狀態。

極霸龍的瓦利全身上下散發出銀色氣焰，以及充滿殺意的壓力。如果李澤維姆毫髮無傷的話，瓦利應該會因為消耗太過劇烈而敗在持久戰之中吧。然而，現在的李澤維姆受了傷，體力也不夠充沛，事情就另當別論了。擁有這般極大力量的瓦利，很有可能凌駕於其上。

比方說，以未經神器(sacred gear)之力發揮的魔法，製造出魔法力之劍，就可以砍傷那個傢伙。瓦利是能夠立即學會北歐魔法的天才。魔法的功力也相當高強。即使無法透過神器(sacred gear)之力直接攻擊，只要將極霸龍純粹當成提升體能的手段，在對戰李澤維姆的時候依然是一大優勢。

或許是想通了這一點，李澤維姆一直掛著僵硬的笑容試圖說服瓦利，甚至開始誘惑起我來了。

「阿撒塞勒！你呢？無論是金錢還是什麼，只要你想要——」

我打斷了他的發言，斬釘截鐵地說：

「李澤維姆，你是最爛、最差勁的惡人。至少，能夠死在赤龍帝和你的白龍皇孫子手上，你應該要當作是榮幸了。」

來到這個生死關頭，他竟然……竟然這麼窩囊。

一直以來不斷煽動了那麼多各式各樣的人，現在這位前路西法的兒子在我們眼前開始求饒了。而且還是對自己一直瞧不起的人。

那副模樣實在太過不堪，別說憐憫了，我只感到非常傻眼。

瓦利解除了右手的手甲，製造出魔法之劍。那是未經神器形成的魔法之劍。

將劍尖舉到李澤維姆的眼前，瓦利說：

「你錯了，阿撒塞勒。這個傢伙——是輸給極為普通的人類家庭……兵藤一誠擁有我無法得到的東西……而這個傢伙，是輸給那個東西。」

……聽他這麼說，我隱約可以想像得到上頭的戰鬥是怎麼回事了。

……這樣啊，一誠，你的真實身分被你的父母知道了是吧。然而，儘管如此，你的雙親還是接受了你。你一定很高興吧。一定高興到顫抖不已吧。既然發生了這種事情，也不難想像那個傢伙必定是精神高亢地提升了神器的力量吧。神器的力量會因為變強而得到提升。

——李澤維姆等於是被兵藤家的家庭之愛將了一軍。

出生及成長都極為普通的平凡少年。雙親也都不是擁有異能的家族出身，是普通的平凡人。過著平凡生活的親子的情感——

那是李澤維姆不懂的東西……也是瓦利想要的東西。

居然是因為這個分出勝負的嗎……真是太諷刺了啊，李澤維姆。

「…………不不不，你在說什麼啊。」

無法理解瓦利在說什麼的李澤維姆隨即大喊：

「莉莉絲——！莉莉絲美眉！快來保護我——！」

竟然喊了莉莉絲的名字！原本在門前靜觀其變的莉莉絲被李澤維姆這麼一叫，走了過來。

「李澤維姆，要保護？」

李澤維姆對著以身為盾擋在他身前的莉莉絲露出不懷好意的笑容，不停點頭。

「是啊，沒錯！保護我吧！拚死保護我！維護我的安全！以無限之力葬送人在這裡的白龍皇和墮天使！嗚哈哈哈哈！」

有了莉莉絲當擋箭牌之後，李澤維姆的態度立刻一變，發出平常那種令人厭惡的笑聲。

瓦利儘管與莉莉絲對峙，仍然以柔和的聲音對她說：

「奧菲斯的分身啊，能不能請妳讓開？我……不打算攻擊妳。妳身後的那個傢伙不值得妳保護喔。」

瓦利也和一誠一樣，相當重視奧菲斯。對於形同奧菲斯的莉莉絲大概也有什麼想法吧。

對於瓦利溫柔的話語，莉莉絲的表情顯得有些困惑。一誠那個時候也是，是不是二天龍對她訴說，就會讓她的情感起作用啊？

「可是，莉莉絲。保護李澤維姆。工作。」

她背後的李澤維姆也不住點頭表示贊同。

「沒錯，就是工作！這是妳的工作！妳真是太乖了，莉莉絲美眉！不枉我幫妳取了媽咪的名字！」

……都油嘴滑舌起來了啊。你真是個無可救藥的垃圾耶，李澤維姆。

不過，瓦利依然保持冷靜，如此表示：

「那麼，妳跟我來吧。跟我來的話，我就讓妳見偉大之紅和另外一個妳——奧菲斯……兵藤一誠，赤龍帝應該也很想見妳吧。」

或許是因為他提到偉大之紅、一誠——赤龍帝，還有奧菲斯的名字吧，莉莉絲有了不曾出現過的反應，產生強烈的興趣。

「……偉大……之紅？另一個……莉莉絲？」

瓦利指著莉莉絲別在洋裝上的龍型飾品說：

「那是他給妳的對吧？我想，他應該可以給妳更好的東西才對。他可以給妳的，一定比站在那裡的男人還要更好——」

打斷了繼續說服莉莉絲的瓦利，李澤維姆大喊：

「喂喂喂喂喂喂，喂————！你幹嘛想攏絡她啊？我的莉莉絲美眉！是我的專屬護衛！就是這種時候她才更應該為我工作，否則我製造她出來有什麼意義——」

為了再加把勁，我再次從懷裡拿出巧克力棒，並且說：

「現在就決定的話，我還可以送妳點心喔！」

而這似乎成了決定性的關鍵，莉莉絲抱著頭，當場蹲了下去。

「…………偉大之紅……另一個莉莉絲……赤龍帝……點心……偉大之紅、點心、另一個莉莉絲、點心……赤龍帝給的點心……」

哎呀，知道有偉大之紅、奧菲斯、二天龍，甚至還有點心之後，莉莉絲陷入混亂之中。真是太可愛了。如此簡單易懂而尊貴的存在，我都捨不得拿她來和李澤維姆相比了。

看見莉莉絲因為我們的話語而陷入混亂，李澤維姆再次心急了起來。

「竟、竟、竟然被點心釣走了！點心比我還重要嗎？這、這樣的話，妳想要超大的蛋糕還是巧克力還是棉花糖都好！我都可以準備——」

說到一半，李澤維姆的右手突然被砍飛——因為，瓦利以魔法之劍，毫不留情地斬斷了那個傢伙的手。

「嘎啊啊啊啊啊啊啊啊啊啊啊啊啊啊啊啊啊啊啊啊啊啊啊啊啊啊！」

李澤維姆放聲慘叫。或許是因為攻擊太過出其不意了吧，他連閃躲都辦不到。畢竟瓦利以極霸龍提升了體能。負責保護他的莉莉絲一旦精神渙散，被砍掉一隻手也很正常。

瓦利對著手臂噴出大量鮮血的李澤維姆冷酷地說：

「一旦開始迷惘就完了。在這種狀況之下，她也已經精神散漫了吧。結果就像這樣產生了可乘之機，我的攻擊也砍中了你。」

李澤維姆壓著自己的手臂，臉孔因憤怒而扭曲。

「…………該死……！讓她擁有些許情感，到了這個節骨眼上卻造成反效果了嗎！」

這樣啊，儘管不多，這個傢伙還是在莉莉絲心中留下些許會燃起情感的要素嗎？結果，莉莉絲開始產生了情感，最後導致這樣的結局。

以這個傢伙的個性，反正一定是因為好玩才加了情感要素進去吧。結果，到了這個節骨眼反而變成了作繭自縛。

瓦利舉起魔法之劍，準備一口氣做個了斷。

「——去死吧。」

眼見就要揮劍之際——瓦利突然解除了架勢。明明一直到剛才那一刻，他都還將憎惡的情感表露無遺啊。

他搖了搖頭，嘆了口氣。

「…………將你逼到走投無路的是兵藤一誠，卻由我給你最後一擊的話，這樣未免太沒面子了。只挑好吃的地方吃，太不像我的作風——再說，真正想殺你的似乎另有其人啊。」

瓦利的視線指向某一點。他恐怕是因為察覺到那股氣息，才改變了想法吧。

——在這個空間之中，龍門(dragon gate)再次開啟。

龍門(dragon gate)釋放出黃金氣焰。

李澤維姆見狀，變得極度驚慌失措，嚇得說不出話來。

「…………不會吧。」

從龍門(dragon gate)之中現身的——是長了黃金鱗片的一隻龍王。牠緩緩挪動著巨大的身軀，看來在天界消耗掉的體力還沒完全恢復。

然而，懷抱著強烈的氣魄、戰意，以及明確的殺意，黃金龍王(gigantis dragon)——法夫納拖著沉重的身軀，開始動作。

『…………終於……找到你了。』

看見牠的仇敵李澤維姆就在眼前，法夫納用力擠出充滿壓力的這句話。

李澤維姆一臉難以置信的樣子，一面搖頭——一面害怕得不住發抖。

「……！為什麼……！為什麼要執著到這種地步……？竟然還追到我的夢境裡面來！」

李澤維姆之所以這麼憔悴又欠缺冷靜，是因為法夫納追進了他的夢境，追到他走投無路。看他驚慌失措成這個樣子，可見他在夢中遭受過幾十、幾百、幾千次法夫納造成的致命傷吧。沒錯，那個傢伙在夢中不斷遭到殺害，精神已經瀕臨崩潰了。

『……因為你弄哭了小愛西亞。』

法夫納的雙眸閃現凶惡而極度危險的神采，拖著身體一步又一步接近李澤維姆。憤怒、怨恨、憎惡，從黃金龍王（gigantis dragon）全身上下每一個角落滲透出來——

如此異常的氣魄，逼得臉色蒼白的李澤維姆不住後退——但是，由於已經受傷，那個傢伙的腳絆了一下，當場倒地。

這段期間內，儘管緩慢，法夫納依然拉近了距離，終於逼近到那個傢伙的眼前了。

李澤維姆向前伸出雙手，勉強堆出笑容。

「……等等！你等一下！那是……怎麼說呢！是製造效果用的嘛！為了炒熱氣氛啊！要是路西法之子攻進天界深處——」

隨著「震！」的地鳴聲，一陣血淋淋的骨頭碎裂的悶聲，就在這一帶迴響。

法夫納巨大的腳掌，不帶任何慈悲，打斷了李澤維姆的泣訴，踩爛了他的雙腳。

「嘎啊啊啊啊啊啊啊啊啊啊啊啊啊！該死！該死！該死！該死的龍啊——啊啊啊啊啊啊啊啊啊啊！」

李澤維姆發出充滿怨恨的慘叫，或許是因為感受到劇痛吧，他當場抬起上半身。但既然法夫納的前腳踩著他的雙腳，他根本就不可能逃離這裡。

法夫納將充滿憤怒之色的大臉貼到李澤維姆面前，發出聲音：

『——你欺負了小愛西亞。我絕對不會原諒你！絕對不會！』

龍王的嗓音、表情、氣焰都充滿了怒意——法夫納極為激烈的執念，早已超脫了常軌，最後甚至到達了足以將身為超越者的這個男人逼迫到無處可逃的地步。

李澤維姆甚至對我也投以哀求的眼神，但我對他說：

「李澤維姆，你過度刺激了牠們這些龍族——這是你的報應。」

——因果報應。

只為了滿足自己的慾望，而胡亂又隨便地在各勢力之間大肆煽動各式各樣的人。這個傢伙只顧著朝己之所欲前進，不惜堆起一具又一具屍骸，害得別人萬劫不復。現在，一切的一切都原原本本回到他身上來了。

諷刺的是，在最後關頭將這個傢伙逼上絕境的，是一隻對戰鬥不感興趣的獨特龍族。

法夫納只要有寶物就夠了——

閃閃發亮的金銀財寶，世間罕見的眾多武器，還有比這些更重要的，和一位善良少女之間的耀眼情誼——

只要有這些，法夫納就滿足了。

只要愛西亞願意對牠微笑，對牠而言就是十二分滿足的幸福了——

法夫納的眼中，總是映照出愛西亞閃閃動人的笑容吧。

——而這個傢伙毫不客氣地傷害了她。

對一誠而言也是。那個傢伙只要能夠和伙伴們和樂融融地過著和平的生活就夠了。瓦利也是……他應該想和親生父母過著更平穩的日子吧。

李澤維姆，你所侵犯的東西比什麼都還要尊貴，而且無可取代。膽敢動這樣的東西，必定遭到怨恨。而你實在是踐踏太多這樣的東西了。

我直截了當，並近乎無情地這麼說：

「幸好你在死前學到了這一課，大魔王的好兒子啊。這個世界上，有些領域是絕對不應該侵犯的。而你隨便侵犯了好幾個。你之所以會死，就只是因為這樣而已。」

我這番話似乎讓那個傢伙感到滿心憤慨，但又立刻心有不甘地吐出不成言語的喊聲。

「…………！該死……」

李澤維姆從手上不斷發射魔力彈作為最後的抵抗，但即使鱗片脫落、皮開肉綻、血流如注，法夫納依然毫不介懷。

我見識到了牠身為堂堂龍王那不可動搖的意志——

法夫納的大嘴毫不留情地張開了。看來，牠是想以此進行最後一擊。

事已至今，李澤維姆露出陷入絕望之中的表情，發出最後的慘叫——

「可惡啊————————啊啊啊啊啊啊啊啊啊啊啊啊啊啊啊啊啊啊啊！」

喀咕！

黃金龍王（gigantis dragon）的龍顎，就這樣咬碎了前魔王路西法的兒子。

目睹了最後的瞬間之後，瓦利露出如釋重負的表情，同時也表現出充滿悲哀的心情。

「李澤維姆，你根本弄臭了路西法之名。玷汙到不能再玷汙了。不過，放心吧。唯有路西法的血脈，我會繼承下去——至少，我不會成為像你這樣的路西法。」

這就是一直以來不斷煽動著我們的煽動者，超越者李澤維姆．李華恩．路西法——李林的末路。

一直到最後，瓦利的心情都沒有完全好轉，但是從他的神情看來，至少在他心中這件事已經告一段落了。

不過，該怎麼說……如果是你的話，至少會成為比那種混帳還要好上許多的路西法啦。

好到拿你們兩個相比也是多此一舉——

The Beast 666.

見證了李澤維姆的末路之後，我和瓦利——還有（亦步亦趨地跟了過來的）莉莉絲，打開通往阿格雷亞斯的動力室的大門，走進裡面。

法夫納在打倒李澤維姆之後，就打開龍門(dragon gate)回去了。這次，你真的可以好好休息了吧。你要快點好起來，快點保護愛西亞啊。那傢伙非常信任你喔。

好了，根據說明，這裡有個巨大的結晶體——也就是「惡魔棋子(evil piece)」最根本素材的結晶聚合物。阿格雷亞斯的動力爐就是以那個結晶體為中心所打造，產生足以讓廣大的浮游都市運行的力量。

走進門內之後——我因為動力爐的狀況而啞口無言！

阿格雷亞斯的最深處，是一個範圍極為寬敞的圓形空洞。中心就是那個用作動力爐的巨大結晶體……然而那個結晶，整顆和更為巨大的生物連在一起。

「…………！這、這是……！」

我驚訝到只能瞪大眼睛！……沒想到竟然是這麼回事，李澤維姆那個混帳……！

那是有著十角七頭，強大非凡的「獸」——其巨體至少也有數百公尺以上，甚至比偉大之紅還要巨大。

——啟示錄皇獸（apocalyptic beast），也就是666（trihexa）。

牠的每顆頭都有著不同生物的形狀，有的像獅子、有的像豹、有的像熊、有的像龍，毫無統一感。身體的結構也混雜著各種生物的特徵，散發出異物感。整個室內延伸出無數纜線，全都連在獸的身上。

所有的頭部都像是睡著了似的，意識都封閉著。

……牠應該在受人遺忘的世界盡頭才對。是李澤維姆將牠帶到這裡來了嗎……原來如此，他搶走阿格雷亞斯的理由之一也是為了收容這個傢伙，將牠留在手邊是吧。

……問題是這股漆黑至極的氣焰。竟然釋放出如此犀利的氣焰……！光是待在現場就覺得感官瀕臨失常，從牠身上滲出的東西就是如此邪惡。

……李澤維姆那個傢伙，竟然已經將牠復原到這種地步了嗎？張設在上面的封印，也只剩下數得清的程度了。看來他用了在天界得到的生命果實使666（trihexa）活性化，加快了解咒的速度……

最重要的是埋在牠身體中心的結晶體。他居然將阿格雷亞斯的動力爐與這個傢伙同化……也就是說，他還利用了阿格雷亞斯的動力進行解咒。竟然將前魔王時代的遺產活用到這種程度。你是打算將老爸留下來的遺產全部花光是吧，好個敗家子的想法啊，李澤維姆。

……無論如何，能在這個階段防患於未然算是幸運。無論怎麼想，羅絲薇瑟的封印研究都來不及了吧。那個傢伙是天才沒錯，無奈這種解咒速度過於異常。看來李澤維姆用上了所有手段來加速解咒啊……

瓦利一面仰望著巨大的獸，一面說道：

「……原來如此，這個我也沒辦法處理。即使叫我解決掉牠，以我目前的狀況來說也辦不到。」

就連瓦利在就近看到666（trihexa）之後，也是一臉凝重。

忽然，莉莉絲指著牆壁說：

「德萊格、德萊格。」

她在說什麼啊？我一面這麼想，一面將視線順著莉莉絲指的方向看了過去——

「——！他竟然還製造了這種東西……！」

我因為眼前的光景而大驚失色。圓形空洞的壁面上，全部掛滿了無數個繭。繭裡面的東西，有一部分露在外面。

——露出來的，全部都是赤龍帝的鎧甲（boosted gear scale mail）的頭部。

也就是說，掛滿空洞壁面的那些繭裡面，全都包著量產型的赤龍帝的鎧甲（boosted gear scale mail）。

……是歐幾里得・路基弗古斯裝備過的那種的發展型嗎？裡面應該沒有人吧。如果是會自動運作的量產型赤龍帝的鎧甲（boosted gear scale mail）……光是想像就讓人全身發抖。這個數量也非常不妙。這個空間由下到上、前後左右，繭的數量隨便也有超過一千個吧……！

看見邪惡之樹所做的準備的內情，我再次為之戰慄。

但是，算我們好運。我們也還能在尚未發動之前阻止這個。

我呼了一口氣，平復了心情之後，為了停止一切而走向動力爐的操作裝置。

就在這個時候——

動力爐突然劇烈地運轉了起來！噪音大作，動力也開始活化！

怎麼會！我什麼都還沒做啊？為何會開始運轉——

『嗚哈哈哈哈哈！嗚哈哈哈哈哈！』

突然，那個不悅耳的笑聲在動力室內迴響。

李澤維姆？不，那個傢伙剛才已經死透了。那麼，這是——

『既然這個機關發動了，就表示我已經被幹掉了吧。幹掉我的是哪個傢伙呢……我看，大概是瑟傑克斯小弟，或是瓦利寶貝吧。』

……這是，預錄的語音嗎？然後設定在他死後自動發動。

李澤維姆這段可以算是遺言的語音依然繼續著。

『也罷，既然這個機關都開始運轉了，這種事情也不重要——這個反應，是在我死後就會強制衝過所有階段，讓666(trihexa)復活的最終手段。經過我的調整，這個機關可以讓我的靈魂成為最後的能量來源。』

——！

……他說什麼……？我轉頭看向動力爐！只見——666(trihexa)的其中一顆頭開始睜開眼睛了！同時施加在牠身上的封印術式的徽紋浮了起來，脆弱地一一碎裂——

李澤維姆那個傢伙，竟然以自己的靈魂為代價，強行推進解咒進度嗎！

糟糕！這個狀況已經不是糟糕兩個字可以形容的了！

情急之下，我展開了暫時治標的封印術——但我完全感覺不到有任何能夠阻止666(trihexa)清醒的跡象！

第一顆頭已經完全醒了過來，放聲咆哮！

「吼喔喔喔喔喔喔喔喔喔喔喔喔喔喔喔喔喔喔喔喔喔喔喔喔——————喔喔喔喔喔喔喔喔喔喔喔喔喔喔喔喔！」

——光是聽見叫聲，就讓我有種靈魂被一把抓住的感覺！

剛才的咆哮不會只停在空洞裡面，應該傳遍了整個都市才對！上面的人大概也都注意到了吧！

接著，第二顆頭——也開始睜開了眼睛！

「瓦利————！攻擊牠！要是讓牠復活的話——世界末日就要來臨了！」

「嘖——！」

聽見我的指示，瓦利瞬間穿上鎧甲，飛了出去！他以極大的氣焰轟了過去——但666（trihexa）毫髮無傷！瓦利的攻擊也沒轍嗎？就算剛才變身為極霸龍，消耗了不少戰力，但歷代最強的白龍皇的攻擊，竟然連燒傷牠的皮膚也辦不到……！

儘管無言以對，我依然不管三七二十一地展開了好幾層封印術，盡可能賭上那僅有的些許可能性！瓦利也沒有停手，繼續加以攻擊！

在我們行動時，李澤維姆的語音遺言依然繼續播放著。

『因為這樣的復活方式勉強到不能再勉強了，我也不知道會發生什麼事情，即使造成超乎預期的損害也不奇怪——我也安排好了，在666（trihexa）復活的同時會解放出很有意思的東西。那就是……也許已經出現在你們眼前了吧，是我姑且先行量產的冒牌赤龍帝，而且是一支大軍。』

掛在牆壁上的量產型赤龍帝的繭——一個接著一個裂開了。

調整為能夠自動運作的全身鎧（plate armor），緩緩從裡面鑽了出來！

「莉莉絲！等一下我再請妳吃零食，所以妳也幫點忙好嗎！」

我抱著一絲希望對莉莉絲這麼大喊。然而，面對666（trihexa），莉莉絲只是觀望——

「好可怕。」

……看來她是出自本能害怕著666（trihexa）吧。換個方式好了。

「那妳處理一下量產型的赤龍帝吧！」

這個指示她似乎肯聽了，以小跑步的方式開始移動，鎖定了一隻剛開始行動的量產型赤龍帝，只用一拳就揍飛了！

不愧是奧菲斯的分身！我是很想這麼說，但是以這種緩慢的步調打下去，恐怕很難將不計其數的量產型全部破壞掉……！

『因為是仿製品，力量當然不及本尊，不過數量這麼多的話，規模應該大到足以破壞幾個城市吧。』

量產型赤龍帝紛紛展開龍的翅膀，同時飛上天去！

666（trihexa）的第三、第四顆頭，也漸漸睜開了眼睛。

在這個絕望的狀況之下，那個傢伙的聲音發出不懷好意的笑，在這一帶迴響。

『嗚哈哈哈哈哈哈哈哈哈哈哈——哈哈哈！』

……李澤維姆……！李林！……那個傢伙……！就連死了以後也要對我們散播惡意嗎！

『啟示錄記載的傳奇之獸，以及跟隨牠的冒牌赤龍帝軍團！好了好了，你們所有人要如何處理這個狀況呢？能夠如何因應呢？』

儘管因李澤維姆的語音感到焦躁，瓦利依然持續攻擊666（trihexa），但這隻最凶惡的獸一點也沒有受到影響，逐漸清醒過來。

李澤維姆的語音欣喜地繼續說著——

『就這樣毀滅冥界、天界、人類世界，帶著我的意志與夢想前往未曾見過的異世——』

突然，語音中斷了。

換成第三者的聲音在動力室裡迴響。

「就連留下來的語音也是滿口胡言啊……真是個無可救藥的小人啊，李澤維姆王子。」

——是阿佩普的聲音。

雖然沒有現身，但這的確是不久之前在我們面前出現過的邪龍阿佩普的聲音。

接著又響起另一隻邪龍的聲音。

『咯咯咯，也罷，是很有他的風格啦。』

『煩死了！』

『死得好！』

連阿日．達哈卡也說話了！

「這個聲音……是阿佩普和阿日．達哈卡吧？」

我仰望天空，如此大喊。

阿佩普的聲音不知從何響起，如此回答：

「沒錯，前總督大人。不好意思，有別於方才，請恕我們只現聲。打斷你們聆聽王子留下來的語音我很抱歉，不過請你們聽聽我們的宣言。」

阿日．達哈卡與阿佩普，開始對我們公開宣戰！

『666(trihexa)和冒牌赤龍帝，我們要了。』

『我們要帶走啦！』

『我們要拿去用嘍！』

「我們想在冥界、人類世界、異世界，創造只屬於邪龍的世界。而牠們就是我們的工具。」

說著說著，666(trihexa)的頭——就連最後的第七個都開始清醒了。不知是必然，還是偶然，那是個看似龍族的頭——

「……你們一開始就打算利用李澤維姆和我們嗎？」

聽我這麼問，阿佩普說：

「不是這樣的。我們並非一開始就如此打算——只是因為李澤維姆王子太過窩囊，我們才改變了想法。」

『最重要的是，那個傢伙太小看龍族了。我不是想贊同那位白龍皇和法夫納，但區區的惡魔竟然想拿最強的種族當成棋子，拿來利用，未免太過自作聰明了。』

『龍族最愛簡單明瞭！』

『別用腦袋想！跟著感覺走！』

就在我和瓦利的眼前——第七顆頭也完全清醒了！

「呼喔——喔喔喔喔喔喔喔喔喔喔喔喔喔喔喔喔！」「嘶喔——喔喔喔喔喔喔喔喔喔喔喔喔喔喔喔喔喔喔喔喔！」「咕喔——喔喔喔喔喔喔——喔喔喔喔喔喔！」

七顆頭分別放聲咆哮——

足以大幅震盪整個都市的聲量。聲音大到我們甚至必須在耳朵張設防禦魔法陣。在咆哮結束之後，我依然覺得耳朵很痛。

——666（trihexa）復活了。

巨大的獸晃動著牠的身體，硬是扯斷了接在牠身上的纜線。同時，這個房間也開始崩塌。不對，不只是這個房間。都市的這個區塊也因為666（trihexa）復活的餘波而開始崩塌了。

其中一顆頭仰望上空，張開大嘴。極其強大的氣焰逐漸聚集到嘴部！

——糟了！

我立刻抱起莉莉絲，躲到牆邊，張設了一層又一層的防禦型魔法陣。

剎那間——666的那顆頭從嘴裡吐出極大的火焰球！

火焰球引發了大爆炸，天花板隨即崩塌。我以堅固的防禦魔法陣擋住了爆炸的餘波……

但只見一層、兩層、三層魔法陣接連因為爆炸的餘波而遭到粉碎！

……不過是一顆頭隨口吐火就有這等威力……？

天花板被轟出一個洞——光明自洞中傾瀉，照耀著666——牠的所有頭部都因為許久未曾見到的光明而閉上了眼睛……卻又隱約看得出牠相當滿意。

666朝著開了一個洞的天花板，緩緩飛了出去。而數量超過一千的量產型赤龍帝也跟了上去！

……真是難以言喻的光景。啟示錄之獸帶著大量的紅龍，開始行動了。

我——看著令人聯想到末日之始的情景，想起了啟示錄的一節。

——我看見一頭獸從海上來。

巨大的獸，從開了洞的動力室天花板獲得自由——

——獸有十角七頭，在十角上帶著十個冠冕，七頭上有褻瀆神的名號。

具有冠著數字666的七頭，過於強大的獸——

——我所看見的獸，形狀似豹，腳像熊的腳，口像獅子的口。那龍將自己的能力、座位

和大權柄都給了獸。

與真赤龍神帝（apocalypse dragon）偉大之紅並稱，記載於啟示錄的傳奇皇獸——

——我看見獸的七頭中，有一個似乎受了死傷，但那死傷卻立刻痊癒了。全地的人都只能稀奇地跟從那獸，及將自己的權柄給了獸的龍。

我遠遠看見人在外面的「D×D」成員們朝著鑽出天花板的666（trihexa）發動攻擊……但完全無法對那壞到極點的獸發揮作用——

——誰能匹敵這獸。

……要是偉大之紅和這種東西交戰的話，別說冥界和人類世界了，就連其他神話勢力的世界……也不可能安然無恙！

——誰能與這獸交戰呢。

沒錯，有誰能夠阻止這個傢伙呢……！

666（trihexa）以及紅龍大軍已經完全飛出了動力室——

「……可惡！」

在逐漸崩塌的空洞內，我帶著苦澀的心情，握拳捶打牆壁。

阿佩普與阿日．達哈卡的聲音，最後如此宣告：

「你們想來的話，儘管來吧——由我們邪龍和你們『D×D』來個最後之戰。放心，我們不會像李澤維姆王子那樣耍小手段。我們只會和666一起破壞眼前的一切。」

『來吧，瓦利．路西法。咱們再打一場。一面欣賞666造成的破壞，一面戰鬥吧。你也熱血沸騰起來了吧？如果你也是為戰而生的龍，不可能在這種狀況下不會想戰！』

『天龍對邪龍！』

『也帶赤龍帝來吧！』

瓦利本人——則是帶著不畏一切的笑，仰望著666。

「好啊，阿日．達哈卡。太有意思了。這樣也比較簡單明瞭，非常不錯。」

……真是的，以某方面而言比李澤維姆還要棘手的兩隻邪龍，竟然在這種狀況下拿出幹勁來了……阿佩普、阿日．達哈卡，他們和令人生厭的李澤維姆不同，是純粹的力量結晶。

這樣啊，我終於懂了。擁有力量的龍族——非常純粹。無論是對於夢想、對於戰鬥、對於暴力、對於魔法、對於生存之道——正因為如此，牠們才能對目標全力以赴，不斷衝撞一切事物，獲得勝利，最後凋零——

我懂了，李澤維姆啊。所以你才贏不了，才會在臨死之前的最後一刻被趁虛而入，被奪走一切。

因為牠們龍族是隨心所欲地自由發揮其強絕的力量。

好了，這下子世界的命運，都左右在龍族之手了。就像二天龍介入三大勢力的戰爭之中那時一樣。

——他們只是深信自己才是最強，隨心所欲地活著罷了。

以666（trihexa）為主軸的最後一戰即將開始。

己方陣營以及敵方陣營的中心，都是龍族——

Deterrence.

——冥界，墮天使領。

墮天使正在陸續開拓的，以各勢力要人為客層的渡假勝地。在某個已經開始營業的住宿設施的一角，那名少年出現在那裡的游泳池畔。

他在游泳池畔豎起陽傘，躺在躺椅上。他的視線落在游泳池的水面上。那裡有著只有他才看得見的影像——

出現在影像當中的，是散發出不祥氣焰的巨大野獸，以及飛在野獸身邊，規模大到足稱無數個赭紅色全身鎧（plate armor）。

少年一面興致盎然地看著水面的影像——看著那可以說是末日之始的情景，一面移動放在桌上的棋盤遊戲上的棋子。

「恰圖蘭卡——那是被視為西洋棋與將棋的起源的棋盤遊戲吧。」

忽然，有人向他搭話。少年看了過去，發現不知不覺間，一名氛圍、打扮都極為妖美的男性惡魔已經站在一旁了。

男性惡魔坐到設置在桌子對面的躺椅上面，拿起棋盤遊戲——恰圖蘭卡的一顆棋子，走了一步。

男性惡魔對少年說：

「濕婆大人，在這裡遇見您真是巧呀。」

被稱為濕婆的少年——不，破壞之神微微笑了一下。

「這該說是偶然還是必然呢——幸會，現任別西卜的阿傑卡。」

像是接受了男性惡魔——阿傑卡．別西卜的邀請，濕婆也開始挪動恰圖蘭卡的棋子。

阿傑卡一面下棋一面說：

「聽說您接受了三大勢力的請託，將負責討伐666（trihexa）是嗎？」

濕婆也一面挪動棋子一面與他對話：

「原則上是這樣沒錯。不過這隻野獸……好像超出我的預期了。恐怕——就連我也無法正面打倒那個東西吧。這真的得發動足以毀滅世界的戰爭，才有辦法封印這隻野獸。」

「封印啊……您是說，身為破壞神的您即使毀滅了世界也只能封印牠啊。」

聽阿傑卡這麼說，濕婆聳了聳肩。

「即使是我也沒辦法讓那個東西死透。你和阿撒塞勒也是打從一開始就明白這點了吧？頂多只能封印，或是達到近乎封印的結果。破壞固然是我的作為。但是，光是破壞還無法毀滅牠吧？那隻傳奇魔物（trihexa）可沒有軟弱到這種程度。」

破壞神諷刺地笑了，阿傑卡微微瞇起雙眸。

「——如果要『毀滅』牠的話，只有全盛期的奧菲斯，或是飄盪在次元夾縫中的偉大之紅才辦得到吧。」

「所以，你來這裡的理由是什麼？」

濕婆打了一個呵欠，如此詢問。

阿傑卡豎起兩根手指。

「只有兩件事。一是為了不讓您妨礙我的朋友——瑟傑克斯，二是判斷您會不會趁著這個機會開始破壞。」

說著，在阿傑卡的背後——不知不覺間已經有位留著一頭蒼藍色美麗長髮的女性獨自站在那裡了。那位美女散發著冰冷的氛圍，卻又蘊含著強烈的龍之氣焰，強烈到足以令人立刻知道那是擁有強大力量的龍族化成的人形。

那是迪亞馬特吧，濕婆如此認知。最強的龍王。在龍族之中也是首屈一指的存在。而且迪亞馬特手上握著一個顏色和她的髮色極為相似的小型蒼藍色機器——手機。

濕婆在看見那個機器之後，瞬間便察覺到其異常性。

恐怕……不，那支手機肯定和神滅具（longinus）有關。

……不知道那是正牌貨還是冒牌貨，但既然那是超越者所準備的東西，想要在短暫的邂逅當中識破，即使是破壞之神也有點困難。

那個神滅具（longinus）有什麼效果？他想用那個神滅具（longinus）來做什麼？

只有一件事情相當明確。眼前的惡魔，是來動搖祂的。

完全看穿了這些之後，濕婆輕輕笑了一下。

「你覺得我會和６６６（trihexa）一起毀滅世界嗎，惡魔小弟？」

聽濕婆這麼說，阿傑卡露出微笑，搖了搖頭。

「不，我可沒有說您會毀滅這個世界。然而——如果您的目的是異世界的破壞與再生的話，就另當別論了。」

阿傑卡的說詞強烈地引起了濕婆的興趣。

「這樣啊——這個推論倒是很有意思。」

濕婆斷定，阿傑卡是對祂的動向掌握到一定程度之後才會來到這裡。

阿傑卡不以為意地繼續說了下去：

「要是６６６（trihexa）擊退了偉大之紅，撬開了通往異世界之門的話，您打算怎麼做？關於這件事，您與阿撒塞勒大人以及瑟傑克斯之間都沒有約定好吧？您只不過是自告奮勇擔任對付６６６（trihexa）的抑制力罷了。」

濕婆——真心為之一顫。

啊啊，真是個好惡魔。這個超越者，已經掌握到自己的部分想法了。正因為有這樣的魔王，瑟傑克斯才能夠發光發熱吧。祂這麼想。

濕婆忍不住笑了出來。

「哈哈哈哈，你的眼光相當精準啊，現任別西卜。難怪各神話的神祉們在某種層面比起瑟傑克斯更害怕你。不過，我不會做那種事情啦——大概吧。」

魔王所說的，只不過是濕婆的想法的一部分罷了。只不過是曾經如此想像過的程度罷了——然而，祂也沒有放棄這個想法就是。

不知道是不是就連這一點也在他的掌握之中，阿傑卡帶著意味深長的笑，點了點頭。

「是啊，我想也是。不過，如果我在這裡與您一起守候世界將何去何從，也能夠成為遏止那些許可能性的抑制力吧。」

在棋盤上走了一步棋的同時，阿傑卡如此表示。

「……我實在不懂神和超越者在想什麼。」

而站在他身後的美女卻是一臉無趣的樣子，嘆了一口氣……

濕婆也回了一步棋，同時這麼說：

「你想做的是和瑟傑克斯．路西法前往黑帝斯那邊的時候一樣的事情啊。你就這麼重視和他之間的友情嗎？」

在因為「禍之團（Khaos Brigade）」的英雄派與夏爾巴．別西卜作亂而引起的「魔獸騷動」之際，奧林帕斯——冥府之神黑帝斯原本也想趁著混亂鬧事。當時親自前往冥府，防患於未然的，是瑟傑克斯．路西法。

阿傑卡這次的行動，也和當時的情況很像——不過，濕婆和黑帝斯不同，身為破壞之神的祂，並不像冥府之主那樣對惡魔心懷怨恨、忌妒、不滿。

只是，阿傑卡這個勇敢的舉動，讓祂有了點好感。如果他今天是帶著幼稚的諂媚態度而來，濕婆早已不由分說地趕走他了吧。

原來如此，濕婆默默點了一下頭。現在，自己好像能夠了解因陀羅——帝釋天為何會對俗世的存在有興趣了。少年破壞神這麼想。

這些存在確實很有趣。讓祂也想多觀察一下了。

也就是說，因陀羅跟那些傢伙，是為了再次創作出只屬於自己的新梨俱吠陀——讚歌集，而打算從所屬神話體系之外的地方收集「棋子」吧。

——人氣被我搶走，讓你那麼不甘心嗎？

光是想像因陀羅聽到自己這麼說的時候會有什麼反應，就讓濕婆覺得相當有趣。

在提到瑟傑克斯的名字時，阿傑卡的表情顯然瞬間軟化。

「事情很簡單——如果要和那個傢伙為敵，就是與我為敵。」

和重視友情的發言恰好相反，他的表情十分認真。那想必是真心話吧。

濕婆把手拄在桌子上撐著臉，露出氣定神閒的笑容。

「真不錯。那麼，你就和我一起觀望吧——看看666（trihexa）及這個世界將何去何從。」

濕婆悠哉地這麼說。

冥界的天空——逐漸變得沉鬱，讓人感到相當不安。記載於啟示錄之獸的甦醒所造成的影響，已經出現在冥界的天空之中了。不久之後，冥界、人類世界、天界、各勢力的世界也將開始飄盪著瘴氣吧。

遊戲——令人感覺末日將近的戰鬥已經開始了。

後記

好久不見。我是石踏一榮。

第四章的最後一戰開始了！第二十集之前還插了一本DX，當時在後記當中提到下一本會是瓦利的故事，不過最後還是改成以一誠為主，瓦利為輔的方式。

一方面也是因為系列作來到了第二十集，讓我自己也轉念覺得「以一誠為主應該比較好吧？」才會這麼做。這次的故事是以一誠為主，而第二十一集就真的會是瓦利的故事，我想以二天龍為第四章的最後一戰作結。

還有一件事，我原本還在考慮這一集到底要不要加入情色要素，不過再怎麼說，以上一集那個待續的結尾來講，在蕾維兒登場之前，角色們應該也沒心情那麼做，而且一誠在出乎意料的方面特別頑固，我想他也不會願意配合，所以這次完全都是認真的劇情。非常不好意思，在第四章結束之前，要請各位靠DX來補充情色喜劇成分了。畢竟是一個大章節的結尾，總是會變得比較嚴肅。

那麼，以下是各項解說。

・一誠的強化與今後

我一直一直很煩惱，到底該不該讓一誠的雙親知道他的真面目。一直隱瞞到最後也是一種手法。不過，既然值得紀念的第二十集是以一誠為主，要寫他的故事的話，我想最確實的就是寫他和雙親之間的關係了。因此，這次我安排了這樣的戲劇性。一方面也是因為沒有比這個更棒的強化事件了。但是，他將面臨比死還要難受的遭遇。那就是龍神化的代價。在閱讀下一集之前，請大家做好心理準備。

・一誠與莉雅絲的合體技、愛西亞的禁手(balance breaker)

一誠和莉雅絲的合體技，是莉雅絲的鎧化。這招與其說是像一誠那樣穿上鎧甲，不如說是貼附式的裝甲——類似強化服的感覺比較正確。就像鋼○人那樣。應該說，我就是幾年前看了那個才想到這招的。終於有機會寫出來了。我很想讓笨蛋情侶玩鎧化，所以這次才寫了。如此一來，莉雅絲在某種程度上也能在前線奮戰了。

愛西亞的禁手(balance breaker)，是在一定時間、一定領域內，展開超強的恢復力場，藉此讓各種傷害失效的能力。與其說是抵銷了李澤維姆的攻擊，不如說是愛西亞發出的恢復力以及那個領域，在遭受攻擊之後依然完全不為所動。只是看起來像是抵銷攻擊的障壁而已。同時還加上了法夫納的龍之氣焰，所以防禦力也非常不得了，所以說是抵擋攻擊的障壁也不能算錯。這招也是由氣焰形成類似鎧甲的東西，但其實我早就和責編討論過要讓莉雅絲和愛西亞這兩大女主角這麼做，而過了好幾年終於能寫到了。名稱將在下一集揭曉。

這兩招都才剛登場，所以我想在第四章的最終決戰讓這兩招有更多表現的機會。

・李澤維姆之死

在第四章，我還有一個多年來一直很想寫的橋段。就是李澤維姆之死。或許有些讀者會因為他在這次就死了而嚇了一跳，但是我原本就打算在第四章的最終決戰之前收掉這個角色，所以算是依照計畫行事。

該怎麼打倒他、該由誰打倒他……這也是我一直在思考的事情，一開始我原本想只靠瓦利打倒他。但是，由於他是瓦利的親祖父，即使是憎恨的對象，要由瓦利直接收拾掉他……還是讓我有點過意不去，也覺得有些讀者看了可能會有點無法接受，所以只讓瓦利負責逼到他走投無路，讓他求饒。我也想讓一誠狠狠揍他一頓，所以才像本篇的安排那樣以龍神化之力打到他無路可逃，徹底粉碎他的自尊心。

最後，我選擇由法夫納給他最後一擊。法夫納可以說是第四章的象徵角色之一，既是和平的化身，也是愛西亞的守護者。李澤維姆在天界傷害了愛西亞，激怒了法夫納。在傳說之中，龍族被描寫為對於寶物有所執著的生物。我心想「就是這個！」，所以選擇了法夫納作為將李澤維姆逼上絕路，並且打倒他的角色。

一直以來復活了邪龍並利用之的李澤維姆，最後被阿佩普以及阿日・達哈卡瞧不起，甚至也被他們背叛了。因為我打算讓他墜入萬丈深淵之後再死。

不過，該怎麼說呢，對愛西亞動手的人多半都死得很淒慘呢。

・666(trihexa)與阿佩普、阿日・達哈卡

作為第四章最後的敵人，邪龍軍團的代表阿佩普與阿日・達哈卡也參戰了。他們和李澤維姆不同，既純粹又膽大妄為，是非常有龍族風範的角色。牠們將大大方方的以敵人之姿與「D×D」針鋒相對。之前之所以沒讓牠們登場，也是想保留能夠和主角們正面對決的角色，作為本章最後的對手。

終於連666(trihexa)也復活了。牠是個超乎常規的怪物，比起第三章最後的超獸鬼(jabberwock)有過之而無不及……好了，面臨如此的危機，世界將會變成怎樣呢？

・排名遊戲的黑暗面

這次提到了許多排名遊戲不為人知的一面。這種事情在現實世界當中也不算少見，但儘

管如此，惡魔的文化和價值觀都和我們不同，對此的認知以及受到的衝擊也會和我們不一樣吧。這件事和下一集也會扯上關係。其實，更是為了今後的劇情發展所埋下的一大伏筆……敬請期待。

・第一人稱、第三人稱

這一集的序章和終章，我是以第三人稱敘述。這在D×D當中恐怕是頭一遭吧。原本我都是以第三人稱敘述的方式寫作，但在D×D是以第一人稱為主。所以我也想在D×D實驗性地加入一些第三人稱敘述的手法。感覺或許會非常不同，不過一些比較嚴肅的劇情和充滿緊張感的事情，還是第三人稱比較容易表現出來，所以我才這麼做。

以下是答謝的部分。みやま零老師、責任編輯H先生、各位相關人員，這一兩年我經常拖稿，真是抱歉。給各位添麻煩了！

好了，第四章的最終決戰已經響起了戰鼓……正如第三章在寫第十一、十二集的最終戰時一樣，寫到這種最高潮的部分還是令我非常開心。希望能夠順著這個氣勢一鼓作氣寫到第四章結束。下一本是第二十一集……雖然我很想這麼說，但接下來要出的是DX的第二集。屆時將推出附贈動畫BD的限定版，內容是收錄在第十三集的短篇《復活不了的不死鳥》。

喜歡蕾維兒的讀者可以藉此補充一下！那麼，敬請期待第四章的最終決戰！

最後，請容我占用幾行篇幅寫一些私事。

在準備第二十集的期間，我最愛的母親過世了。請容我將這幾行獻給亡母，還有亡父。

老爸、老媽，我還得為書迷寫出很多各式各樣的作品，所以還不能去陪你們。在世的時候沒能好好孝順你們，希望到時候有機會補償。真是抱歉呀。

可是，能當你們的小孩我很幸福喔。真的非常感謝你們。

為美好的世界獻上祝福！
暁 なつめ
illustration 三嶋くろね
絶贊熱銷中!!
「你要不要去異世界？可以帶一樣喜歡的東西過去喔。」
「那……就妳吧。」
（廢柴）家裡蹲就此跟（沒用）女神轉生異世界去了……!?
即使組成一群問題勇者，還是要拯救這個美好世界！
廢柴系ww
最搞笑的異世界喜劇!!

為美好的世界獻上祝福！外傳
曉なつめ
illustration 三嶋くろね
為美好的世界獻上爆焰！
好評大熱賣!!
《為美好的世界獻上祝福！》惠惠視角的衍生外傳登場！
「——請妳教我剛才的魔法。」
紅魔族首屈一指的天才魔法師惠惠
在此即將揭開一日一爆裂的真相……！
小説家になろう
出自「成為小說家吧」網站

國家圖書館出版品預行編目資料

惡魔高校DxD. 20, 出路諮詢的彼列 / 石踏一榮作 ; kazano譯. -- 初版. -- 臺北市 : 臺灣角川, 2016.04
面 ;　公分
譯自 : ハイスクールD×D. 20, 進路相談のベリアル
ISBN 978-986-473-018-6(平裝)

861.57　　105003016

Kadokawa
Fantastic
Novels

惡魔高校D×D 20
出路諮詢的彼列

（原著名：ハイスクールD×D20 進路相談のベリアル）

2016年4月13日 初版第1刷發行
2022年3月18日 初版第2刷發行

作　　者：石踏一榮
插　　畫：みやま零
譯　　者：kazano

發 行 人：岩崎剛人
總 編 輯：蔡佩芬
編　　輯：高韻涵
美術設計：黃永漢
印　　務：李明修（主任）、張加恩（主任）、張凱棋

發 行 所：台灣角川股份有限公司
地　　址：104台北市中山區松江路223號3樓
電　　話：（02）2515-3000
傳　　真：（02）2515-0033
網　　址：www.kadokawa.com.tw
劃撥帳戶：台灣角川股份有限公司
劃撥帳號：19487412
法律顧問：有澤法律事務所
製　　版：尚騰印刷事業有限公司
ＩＳＢＮ：978-986-473-018-6